Marie-Claire Bauceré Dehaene

Une Rose Bleue pour l'enfer

Roman

À ceux qui aiment les histoires dramatiques, passionnantes, émotives, bouleversantes, À ceux qui aiment le suspense, les frissons.

Avant-propos

C'est en 2020 que m'est venue pour la première fois l'idée d'écrire *Une rose bleue pour l'enfer.* À cette époque-là, je voulais explorer le concept selon lequel l'innocence d'un enfant peut, dans certaines circonstances, exercer une influence corruptrice plus importante que celle du mal – par le simple fait qu'elle n'a aucune conscience de la portée de ses actes, et qu'elle est prête à tout pour s'en sortir.

L'histoire en elle-même représente une succession de drames, même s'il est possible de considérer, me semble-t-il, que le scénario reste, peu ou prou, celui d'un *thriller ou d'un policier.* Pour autant, je vois plus ce roman comme le récit d'une aventure profondément humaine et émotive ayant pour toile de fond la dramaturgie familiale et la prostitution, la violence au plus profond de son âme et l'implication des enfants dans le tourisme sexuel en Amérique du Sud.

Dans ce roman, la rose bleue est présente sur chaque scène dramatique. Dans le langage des fleurs, elle a plusieurs significations, celle de l'amour impossible et de façon plus anecdotique, celle du deuil. Elle est associée à la mélancolie et elle accompagne souvent des moments de recueil sur l'absence et le vide laissé par un être cher.

3

La rose bleue est synonyme de paix, de calme, de rêverie, de mystère et d'infini.

Cet ouvrage de fiction est librement inspiré de faits réels. Certaines situations et protagonistes ont réellement existé, d'autres relèvent de mon imagination. Toute ressemblance avec une personne vivante ou ayant vécu serait purement fortuite.

Table des matières

Prologue

J'ai froid, mon sang se glace, ma tête vibre, j'ai l'impression qu'elle va exploser.

L'obscurité est totale, j'entends du bruit, un bruit lointain, bizarre, comme un grincement, un crissement, comme une fourchette qui gratte sur une assiette, j'ai mal aux oreilles.

J'ai un sale goût dans la bouche, envie de vomir. J'essaie d'ouvrir les yeux, mais je n'y arrive pas, j'ai l'impression qu'ils sont collés. J'ai du mal à respirer, la moiteur est suffocante semblable à un climat tropical. Où suis-je ?

Quelque chose m'empêche de parler. Je suis un pantin désarticulé, j'ai une douleur lancinante au bras gauche, mes poignets et mes chevilles sont attachés. Mais que se passe-t-il ?

Un sentiment étrange envahit mon âme, j'ai envie de hurler, hurler de toutes mes forces ? Mais comment crier avec son cœur, avec ses tripes ? Et puis, il y a cette impression de tanguer qui me vrille l'estomac ! Il y a aussi cette odeur étrange, un mélange de tabac froid, de sueur, de corps mal lavés, d'haleine fétide. Je suis prise de nausées, de vertiges ; le sol se dérobe sous mes pieds ; mon corps ne m'obéit plus ; impossible d'en définir la cause. Je vais peut-être mourir, j'en ai conscience. Je dois faire quelque chose pour me tirer d'affaire, mais je ne vois pas quoi. C'est une question d'heures, de minutes, je ne sais pas. Si seulement cette chaleur suffocante pouvait s'adoucir, je suis moite, allongée sur un sol dur et rugueux. Mon cœur bat deux fois plus vite que la normale. Ça tangue autour de moi. Mon cerveau fonctionne au ralenti, il laisse la place au rêve. Je pense à ma famille, à Marion et Jess, ils doivent être morts d'inquiétude.

Je creuse dans mes souvenirs, il y a cette odeur de fleurs, oui, des fleurs, enfin, je pense ! Mais lesquelles ? C'est peut-être des violettes, l'odeur est légèrement cireuse, suave et délicate. Non, ce ne peut pas être ça ! Ce n'est pas poudré, c'est plus subtil, plus frais, plus romantique.

Ça y est, je me souviens ! Mais oui, ce sont des roses ! Mais comment est-ce possible ? Mon esprit bouillonne, je me souviens, mon père m'a raconté l'histoire, l'inondation, la perte des siens, puis il y a eu ce terrible accident, grand-mère Irina m'a parlé de malédiction, de roses bleues... Tout se bouscule dans ma tête. J'entends une plainte, quelqu'un gémit ! On dirait une voix de fille ! Mais, où suis-je ?

Éva et Youri

En 1947, Stanislas avait six ans, il habitait Moscou avec ses parents Éva et Youri, et son petit frère Stépan, quatre ans. Ses parents avaient acheté un appartement dans un immeuble près d'un parc de Moscou. Le bâtiment du Narkomfin était un groupe de logements, il fut achevé en 1932. L'ensemble était situé au 25 boulevard Novinsky, coincé entre l'ancien et le nouveau terrain de l'ambassade des États-Unis. C'était l'une des œuvres les plus emblématiques de la période de l'avant-garde russe et de l'architecture constructiviste. Haute de quatre étages, la construction était en briques. Ce bâtiment était dédié aux travailleurs du commissariat des finances où Youri Bredjasky travaillait. Il y avait une grande cour verdoyante, sans ascenseur avec une minuscule cuisine. Éva était femme de ménage, elle travaillait pour une riche famille moscovite. La vie n'avait jamais été facile pour elle. Sa mère Prisca avait passé une grande partie de son enfance à Togliatti, la ville la plus pauvre de Russie, puis elle s'était mariée avec Alexis à Saint-Pétersbourg. Elle était souvent seule, car Alexis était un homme d'affaires qui voyageait beaucoup, et notamment à Paris. Il ramenait toujours des cadeaux, un flacon de parfum Dior, des macarons de la maison Ladurée, des livres de Charles Baudelaire, ceux d'Alexandre Dumas. Pourtant, un jour, Prisca songea que l'absence d'Alexis était anormale. Elle ne pouvait imaginer qu'il était mort dans un accident de voiture. Quand elle a su, son monde s'est effondré. Éva a passé son enfance, la rage au ventre avec l'obsession d'aller un jour à Paris. L'âme de son père était là-bas, c'était certain.

Prisca déménagea à Moscou quand Éva eut neuf ans. Elle éleva seule sa fille, enchaînant parfois deux à trois emplois pour joindre les deux bouts. Femme de ménage, serveuse, réceptionniste dans des hôtels minables, elle ne rechignait pas à la tâche et endurait les fréquentes humiliations liées à ces emplois subalternes. Sans vrais amis, sans parents proches, elle n'avait eu personne sur qui s'appuyer. Chez eux, il n'y avait ni lave-linge, ni magnétoscope, ni télévision. Mais ils avaient toujours mangé à leur faim. Ils vivaient simplement et dignement. Attendre encore et encore. Patienter pour le pain, pour la viande, pour tout. Il fallait se lever tôt afin d'éviter l'attente. Poireauter une heure à la boulangerie derrière des dizaines de personnes pour s'entendre dire : « *nichego nav ostalos !* », il n'y a plus rien. Le leitmotiv russe des années socialo-communistes. « *nichego nav ostalos !* », *répétait-on à la poissonnerie, alors que les lacs débordaient de carpes grasses et appétissantes.* Elle avait la chance d'avoir un petit carré de jardin pour planter des pommes de terre, des choux et semer leur sarrasin.

À cette époque, Éva avait des habits propres et toutes les fournitures scolaires dont elle avait besoin pour réussir à l'école. Sa classe était belle, nette et spacieuse, éclairée par de hautes fenêtres auxquelles étaient accrochés des Brise-bise.

À un mur pendait un grand tableau pédagogique qui résumait l'histoire de la Russie, illustré de quelques portraits choisis et dont la moitié glorifiait la soviétisation. Les professeurs ne sortaient pas de ce cadre politique et idéologique. Éva constatait dans l'année qu'ils étaient fréquemment contrôlés, comme l'étaient ceux qui enseignaient la littérature moderne et contemporaine. La classe commençait à huit heures. Tout était prétexte à des leçons pour valoriser leur culture ou les progrès que l'homme pouvait faire au service de la soviétisation.

Malgré la fatigue que sa mère accumulait, Éva ne l'avait jamais vue prendre suffisamment de temps pour s'occuper d'elle où s'accorder quelques petits plaisirs. Il n'y avait pas de vacances, ni de lectures, ni de cinéma, ni de restaurant. Sa seule préoccupation était d'élever sa fille correctement. En dépit d'un manque d'éducation et de culture, elle avait fait de son mieux pour l'aider et pour qu'elle puisse suivre son parcours scolaire. Elle n'avait pas de diplôme, mais beaucoup d'amour à partager. Pendant sa petite enfance et son adolescence, nonobstant l'absence de son père, Éva fut choyée, sa mère avait été son idole, une mère aimante et douce, son soleil, cette lumière qui éclairait son quotidien. Malgré tous ses efforts, Éva avait des résultats passables en classe, elle ne fut jamais une brillante élève et n'obtint aucun diplôme.

Puis, il y a eu ce matin sombre de novembre en 1948, où l'hôpital l'avait appelée pour lui annoncer la mort de sa mère Prisca, foudroyée par un cancer généralisé. Elle n'a jamais su ni oublié. Sa mère ne s'était jamais plainte. Elle était allongée, inerte, dans cette petite chambre, avec un long chapelet de bois autour du cou et cette odeur subtile qui émanait d'une jolie rose bleue posée sur le lit blanc.

Sa rencontre avec Youri fut le meilleur moment de sa vie sur Terre, puis la naissance de ses deux enfants, Stanislas et Stépan. Éva fut une mère épanouie et comblée. Elle a suivi les traces de sa mère Prisca, elle a donné tout l'amour de son être à son mari et à ses bambins qu'elle chérissait tendrement.

À chaque anniversaire, Youri avait pris l'habitude de lui offrir une rose qu'il teintait en bleu, il savait à quel point elle aimait les roses.

Les enfants étaient en admiration devant la jolie fleur. Dans la mythologie slave, on pouvait voir réaliser ses vœux en offrant une rose bleue à la Baba Yaga.

Le petit Stépan était très obéissant et attentif, toujours prêt à rendre service, il adorait aider sa mère à la cuisine, préparer des petits plats, malaxer la pâte, faire des gâteaux. Il voulait devenir boulanger. Stanislas était un garçon studieux qui ne s'intéressait qu'à ses livres et à ses cahiers. À l'aube de ses sept ans, il fut placé dans l'une des meilleures écoles privées de Moscou, car il souhaitait devenir un grand avocat, c'était son plus profond souhait.

L'inondation

Canada. Winnipeg. Printemps 1950
La ferme d'Agata et Igor semblait bénie, le bonheur y poussait, le soleil était leur frère, leur lumière. Ils vivaient entourés de leur fils Vladimir, leurs servantes et les ouvriers.

Grand-père Igor était un gaillard au nez saillant, barbe hirsute, cheveux blancs avec des petits yeux gris et rieurs, haut et solide pour ses soixante-treize ans, il dirigeait les ouvriers au travail dont les rires s'entendaient à l'autre bout du village.

À trente ans, Vladimir avait des cheveux ondulés souples et bruns, sa peau était dorée, le contraste était flagrant avec ses yeux bleus, c'était un grand gaillard bien bâti comme son père.

Les ouvriers, Boris, un vieux garçon de soixante-sept ans, un ancien boucher à la retraite. Cheveux poivre et sel et yeux noisette. Grigori, un jeune homme androgyne de vingt et un ans, sympathique, qui attirait les regards, même ceux des hommes. Il avait de longs cheveux noirs, lisses et brillants, doux comme du satin, des traits fins, une peau blanche très pâle, un visage encadré par des mèches et une frange aussi noire que les ténèbres qui tranchait avec la pâleur de son visage. Ses yeux en amande couleur ambre étaient profonds, bordés de longs cils très fins, il avait une bouche fine semblable à celle d'une jeune fille. Il y avait aussi Nicolaï, un beau garçon imberbe d'une quarantaine d'années aux yeux verts. Grand et svelte, il portait un tatouage représentant une poupée russe. Ce tatouage évoquait la famille, la fratrie et l'amitié. C'était un ancien commerçant qui avait galéré et fait faillite.

Grand-mère Agata était une petite bonne femme ronde, gaie et souriante, cheveux gris noués en chignon et coiffe russe, elle s'affairait à la cuisine où elle concoctait de délicieuses soupes.

Sofia, la copine de Grigori, travaillait comme femme de chambre. C'était une très jolie fille qui attirait la gent masculine, longs cheveux lisses et noirs, bouche en cœur rouge et yeux ambre en amande. Puis il y avait Katia, la trentaine, l'épouse de Nicolaï, une jeune femme longue et fine très blonde toute bouclée, et leur fille Tatiana, qui avait tout juste seize ans. C'était une jeune demoiselle au teint pâle comme la neige, mince aux longs cheveux châtains et lisses qui lui arrivaient au niveau des fesses. Elle avait les yeux azur, une bouche framboise et un petit nez en trompette. Tatiana et Katia travaillaient toutes deux en tant que servantes.

Quand ils étaient tous à table, Igor avait Vladimir à sa droite et Agata à sa gauche.

Ils mangeaient tous la soupe, on entendait le tintement répétitif des cuillères dans leurs assiettes. La maisonnée mangeait dur et quelle belle gaieté entre deux coups de dents ! Igor sentait de l'orgueil et de la joie dans ses veines lorsque Vladimir tendait la main vers lui en criant : *Père, donne-nous du pain ! On a faim ! Un très gros morceau de pain père !*

Le soir, Grigori inventait des jeux et racontait les histoires de son enfance. Agata et Sofia faisaient des crêpes ou des galettes, puis c'était des chansons que savait Tatiana, des chansons qu'elle filait avec une voix douce, une voix d'enfant de chœur. Quand la jeune fille chantait, elle ressemblait à une sainte, ses longs cheveux châtains tombant sur ses reins, ses mains nouées sur son tablier. La ferme au travail chantait par toutes ses portes et ses fenêtres.

Le mois de mai 1950 avait été magnifique. Depuis longtemps, les récoltes ne s'étaient pas annoncées aussi belles. Les prairies s'étendaient d'un vert encore tendre. L'herbe avait bien trois pieds de haut, et une oseraie plantée l'année précédente donnait déjà des pousses d'un mètre. Youri, Éva, Stanislas et Stépan avaient quitté Moscou pour quinze jours de vacances et pour rejoindre leur famille au Canada. Leur arrivée fut une belle surprise, seul Igor avait été mis dans la confidence.

— Venez donc, cria Igor ! Venez, mes enfants !
— Dieu soit loué ! Mes chérubins ! Ce n'est pas possible ! Mon fils, ma belle-fille, mes petits-fils ! Mais je rêve ! Il y a si longtemps, s'écria Agata, les yeux noyés de larmes.

Ce soir-là, Youri et Éva offrirent à Agata un bouquet de roses teintes en bleu. Elle resta bouche bée, émerveillée par la beauté des fleurs. Pour Youri, la rose bleue évoquait la jeunesse, le mystère, la patience, l'espoir éternel ou la pureté d'un amour impossible.

Agata adorait cuisiner, elle régala ses convives avec du bortsch, une soupe traditionnelle à base de betterave, de chou, de pommes de terre, de bœuf et autres légumes. Puis le bœuf Stroganoff servi avec du riz fit son entrée sous le palais aiguisé des protagonistes. On était au dessert, le pirog arriva sous le regard émerveillé des convives. Un délicieux gâteau fait à base de fruits, de baies et de fromage blanc servi avec de la confiture. Igor avait monté de la cave deux bouteilles de vin cuit et de la vodka. On trinqua à l'arrivée de la famille, à la chance et à la bonne chance, comme ils disent chez eux. *La bonne chance, c'était de s'aimer, d'avoir des enfants, d'amasser de l'argent et de ne jamais se battre.*

Agata avait souvent le mot pour rire, elle risquait des plaisanteries. Alors, ce brave Nicolaï prenait le relais et racontait ses amours passées et sa rencontre avec Katia.

Puis, ils chantaient des chansons d'amour et des cantiques.

Vers six heures, le soleil se levait comme dans une poussière d'or sur une nappe bleue immense d'une pureté profonde. Igor, Agata et Boris étaient déjà levés, une bonne odeur de café remontait de la cuisine. Soudain, ils entendirent les hommes crier de l'étable. Empreints de curiosité, Youri, Éva, Stanislas et Stépan descendirent les escaliers quatre à quatre et se précipitèrent vers la grange. C'était une des vaches qui venait d'avoir un petit veau. Çà rendait tout le monde euphorique. Agata et les filles regardaient le bébé avec admiration. La naissance de cette bête semblait comme une bénédiction. Ils avaient dû récemment agrandir les étables où se trouvaient près de cinquante têtes de bétail, des vaches, des moutons et des chevaux.

— Allons encore une belle journée ! s'écria Igor. Nous boirons une bonne bouteille ce soir.

Ce jour-là, Stanislas et Stépan étaient partis en tournée avec Vladimir et leur grand-père. Ils visitèrent les champs de blé. Des champs achetés un par un, par Igor, à mesure que la fortune lui venait. Les blés poussaient dru, ils promettaient une belle récolte. Vladimir riait de son bon rire en tapant sur l'épaule de Stanislas et il disait :

— Eh bien, tu vois mon petit, nous ne manquerons plus de pain. Tu sais, nous avons souvent prié Dieu pour qu'il fasse pleuvoir de l'argent sur nos terres !

En rentrant, ils traversèrent les terres qu'Igor avait de l'autre côté du village. Des plantations de mûriers y prenaient à merveille. Les récoltes de l'année, si elles tenaient leurs promesses, allaient leur permettre de les enrichir. Quand ils rentrèrent à la ferme, Agata, Eva et les filles avaient terminé la vaisselle, les ouvriers, Boris, Grigori et Nicolaï étaient partis voir les bêtes. Igor, Vladimir, Stépan et Stanislas étaient installés au milieu de la salle à manger, ils sirotaient un jus d'érable. Les femmes bavardaient et jouaient aux cartes lorsque tout à coup, dans la grande sérénité de la campagne, un cri de détresse se fit entendre :

— La rivière rouge ! La rivière rouge !

Ils se précipitèrent tous dans la cour, ils ne voyaient rien, la ligne basse de l'horizon paisible dormait. Mais il y avait toujours ce cri, ce cri strident qui continuait, qui arrachait le silence.

Des rideaux de peupliers coupaient les prairies et cachaient la rivière. Soudain, devant eux, sur la route, ils virent trois hommes et trois femmes ; l'une d'elles tenait un enfant par le bras.

C'étaient eux qui criaient, affolés, galopant à toutes jambes. Ils se retournaient parfois, ils regardaient derrière eux, comme si une bande de loups les poursuivait.

— Eh bien ! Qu'ont-ils donc ? demanda Nicolaï. Est-ce que vous distinguez quelque chose, Igor ?

— Non, non, répondit-il. Je ne vois absolument rien.

Igor et les autres parlaient encore quand ils virent derrière les fuyards, entre les troncs des arbres, au milieu des grandes touffes d'herbe, apparaître comme une meute de bêtes grises, tachées d'ocre, qui se ruaient de toutes parts. Des vagues poussant des vagues, une débandade de masse d'eau moutonnante sans fin secouant des baves blanches, ébranlant le sol du galop sourd de leur foule.

À leur tour, ils jetèrent un cri désespéré :

— La rivière rouge !

— Mon Dieu ! La rivière rouge !

Sur le chemin, les hommes, les femmes et l'enfant couraient toujours. Ils entendaient le terrible galop gagner du terrain. Maintenant, les vagues arrivaient en une seule ligne, roulantes, s'écroulant avec le tonnerre d'un bataillon qui charge.

Sous le premier choc, elles avaient cassé plusieurs peupliers, dont les hauts feuillages s'abattirent et disparurent. Un mur creva, une cabane de planches fut engloutie ; des charrettes dételées s'en allèrent similaires à des brins de paille. Les eaux semblaient monter de plus en plus.

Elles se déroulaient comme une nappe immense. Elles prenaient les fuyards aux genoux. L'eau se jeta sur eux et les engouffra.

— Vite ! Vite ! criait Igor. Il faut rentrer... La ferme est solide, nous ne craignons rien.

Par prudence, ils se réfugièrent au second étage. Ils firent d'abord passer les femmes. Igor s'entêtait à monter le dernier. La maison était bâtie sur un tertre, au-dessus de la route. L'eau envahissait la cour, doucement, avec un petit clapotement.

— Bah ! disait Vladimir pour rassurer son monde, ce ne sera rien, mais c'est quand même fâcheux pour les récoltes.

— Tu as raison, ce ne sera rien, reprit Youri en voyant les grands yeux suppliants des femmes et de ses fils.

Tatiana tombait de sommeil, Katia alla la coucher. C'était une adolescente de seize ans qui avait besoin des câlins de sa mère. Agata parlait de faire chauffer du vin pour donner du courage aux hommes. Ils étaient tous figés aux fenêtres. Boris et Nicolaï pataugeaient au milieu de la cour.

— Montez donc, cria Igor ! Ne restez pas à vous mouiller les jambes.

— Mais les bêtes ? répondirent-ils. Elles ont peur. Elles se ruent dans l'étable.

— Non ! Non ! Montez ! Tout à l'heure, nous verrons, continua Igor.

Le sauvetage du bétail était impossible si le désastre devait grandir. Igor ne voulait pas les épouvanter et il garda une grande liberté d'esprit. Stanislas était accoudé à une fenêtre, il voyait les progrès de l'inondation. Ce n'était plus une charge de vagues galopantes, mais un étouffement lent et invincible. Dans la cour, l'eau atteignit bientôt un mètre. Il la voyait monter. Les figures étaient toutes pâles. Il était presque vingt heures, au-dehors, il faisait encore jour, un jour blanc d'une tristesse profonde sous le ciel blême. Les femmes avaient eu la bonne idée d'amener des lampes. Elles les allumèrent et en montèrent une dans la chambre où dormait Tatiana. Les hommes apprécièrent le délicieux vin chaud d'Agata.

Cette digne femme songeait surtout au bien-être des siens. Sa belle humeur gardait une vaillance superbe ; et elle riait pour combattre l'épouvante qu'elle sentait grandir autour d'elle. Igor décida d'organiser une partie de cartes sur une table au milieu de la pièce où trônait le bouquet de roses bleues. Agata ôta les jolies fleurs et les disposa plus loin sur un bord de cheminée. Elle leur mit les cartes dans les mains, joua d'un air de passion, battant, coupant, distribuant le jeu, avec une telle abondance de paroles, qu'elle étouffait presque le bruit des eaux. Les filles demeuraient toutes blanches, les mains fiévreuses, l'oreille tendue. À chaque instant, la partie s'arrêtait. Une d'elles disait à voix basse : *Grand-père, ça monte toujours !* Igor plaisantait.

Il répondait : non, non, jouez tranquillement. Il n'y a pas de danger. Stanislas et Stépan avaient le cœur serré par l'angoisse. À la fin de la partie de cartes, tous les hommes étaient à nouveau placés devant les fenêtres pour cacher le terrifiant spectacle aux femmes. Ils souriaient timidement en face des lampes paisibles et ils écoutaient le rugissement de la rivière lâchée qui montait toujours. Youri appela Vladimir et il lança :

— Regarde, l'eau est à trois pieds de la fenêtre, il faut aviser.

Igor le fit taire en lui serrant le bras. Il n'était plus possible de cacher le péril. Dans les étables, les bêtes se tuaient. Il y eut d'un seul coup des bêlements, des beuglements de troupeaux affolés ; les chevaux poussaient des cris rauques qu'on entendait de loin. Les femmes s'étaient levées de leurs chaises, on ne pouvait plus les empêcher de courir aux fenêtres. Elles y restèrent droites, muettes, raidies par le vent de la peur. Le crépuscule était tombé. Une clarté opaque flottait au-dessus de la nappe limoneuse. Le ciel pâle avait l'air d'un drap blanc jeté sur la terre. Tout se brouillait, c'était une fin de soirée épouvantée s'éteignant dans une nuit de mort. Il n'y avait pas un bruit humain, rien que le ronflement de cette mer élargie à l'infini, rien que les beuglements et les hennissements des bêtes !

— Mon Dieu ! Mon Dieu ! répétaient les voix des femmes.

Un craquement terrible leur coupa la parole. Les bêtes furieuses venaient d'enfoncer les portes des étables. Elles passèrent dans les flots, roulées, emportées par le courant, les moutons étaient charriés comme des feuilles mortes au milieu des remous. Les vaches et les chevaux luttaient, marchaient, puis perdaient pied. Le grand cheval noir d'Igor ne voulait pas mourir ; il se cabrait, tendait le cou, soufflait avec un bruit de forge ; mais les eaux acharnées le prirent à la croupe, et ils le virent abattu, s'abandonner.

Alors, ils poussèrent des cris. Ils avaient besoin de crier, les mains tendues vers toutes ces chères bêtes qui s'en allaient. Certains hommes se lamentaient, jetant des sanglots contenus jusque-là. Ah ! C'était bien la ruine ! Les récoltes perdues, le bétail noyé, la fortune changée en quelques heures ! Dieu n'était pas juste ; il reprenait tout. L'eau avait gravi l'escalier, marche après marche, avec un clapotement obstiné, elle entrait déjà par la porte. Ils durent quitter leur endroit pour monter au grenier. Ils ne se lâchaient pas d'une semelle, par le besoin qu'ils avaient dans le péril de se sentir les uns contre les autres. Quand ils montèrent, ils ne songèrent même pas à éteindre les lampes. Les cartes restèrent étalées sur la table. Il y avait déjà un pied d'eau dans la pièce. Boris avait disparu. Igor l'appela et le vit revenir, il avait la face livide et bouleversée.

— Mais que se passe-t-il ? Tu en fais une tête ?

— C'est que, dit-il d'une voix blanche, Katia et Tatiana sont mortes, la chambre vient de s'écrouler.

Un grand froid avait paralysé Nicolaï, il hurla de douleur quand il entendit ces paroles.

— C'est impossible, il faut que je les sauve.

— Bon, si tu veux, mais je viens avec toi, s'enquit Boris.

— Oui, mon frère, je te remercie de m'aider.

— Faites très attention, crièrent les autres.

— Oui, oui, répondirent Nicolaï et Boris. Puis plus rien.

Ils attendirent et, soudain, il y eut des craquements. Une autre partie de la ferme venait de céder. C'était fini pour eux.

Le toit, heureusement, était vaste et en pente douce. On y montait par une fenêtre à tabatière au-dessus de laquelle se trouvait une sorte de plate-forme.

Ce fut à cet endroit qu'ils se réfugièrent. Igor, Vladimir, Grigori et Youri décidèrent de tenter des reconnaissances sur les tuiles, jusqu'à la grande cheminée qui se dressait au bout de la toiture.

— Des secours arriveront bientôt, affirmait courageusement Igor.

Mais personne ne répondait. Vladimir avait allumé sa pipe et il fumait si rudement, qu'à chaque bouffée, il crachait. Youri et Grigori regardaient au loin, la face morne ; tandis qu'Igor serrait les poings, il continuait de tourner sur le toit, comme s'il eût cherché une issue. Assises sur les tuiles, les femmes étaient muettes et grelottantes, elles se cachaient la face pour ne pas voir.

Stanislas sentait ce froid de mort qui l'effleurait. Éva s'écroula en pleurs. Grand-mère Agata tenait les enfants serrés dans ses jupes. Elle les cachait comme pour les défendre. Toute pâle, elle faisait de grands signes de croix.

Autour d'eux, le spectacle devenait d'une grandeur souveraine. Le ciel assombri gardait une limpidité de nuit d'été. C'était un ciel criblé d'étoiles, d'un bleu couleur marine, si pur, qu'il emplissait l'espace. La nappe s'élargissait, blanche, lumineuse, d'une clarté propre. On ne distinguait plus la terre, les prairies devaient être envahies.

— L'eau monte ! L'eau monte ! répétait Vladimir, la pipe entre ses dents.

L'eau n'était plus qu'à quelques mètres du toit. Elle perdait sa tranquillité de nappe dormante. Elle devenait à nouveau menaçante, jaune, se ruant sur la ferme, charriant épaves, tonneaux défoncés, pièces de bois, paquets d'herbes. Au loin, il y avait maintenant des assauts contre des murs, ils entendirent les chocs retentissants. Des peupliers tombaient comme des allumettes, des maisons s'écroulaient comme des châteaux de cartes. Youri était déchiré par les sanglots des femmes, il essayait de les consoler.

— Nous ne pouvons demeurer ici, il faut tenter quelque chose. Igor, je t'en supplie, tentons quelque chose.

Grand-père Igor balbutiait : *oui, tentons quelque chose.*

Youri eut l'idée de prendre Éva sur le dos et de l'emporter à la nage. Vladimir parlait d'un radeau.

C'était inimaginable.

Le jeune Grigori répondit :

— Si nous pouvions seulement atteindre l'Église du village !

Ce jeune fou eut l'idée de partir à la nage avec sa compagne Sofia.

— Vous faites une grosse bêtise, les enfants, rétorquèrent les autres.

Grigori était têtu, il glissa lentement avec Sofia sur le dos, agrippé à un gros tuyau qui descendait jusqu'au bas de la maison. Ils n'eurent pas de difficulté à descendre, Sofia était un poids plume. Un gros morceau de bois flottait non loin d'eux. Grigori, qui était un excellent nageur, fit quelques brasses et amena tant bien que mal le tronc jusqu'à la hauteur de Sofia. La jeune femme eut la respiration coupée par le froid de l'eau comme si un étau compressait son thorax, c'était pourtant une bonne nageuse.

À la piscine, il lui arrivait parfois de nager la brasse sur une bonne centaine de mètres. Mais les eaux étaient glacées et les bas-côtés difficiles à atteindre ; elle se débattait violemment, puis s'affola quand elle comprit qu'elle n'y arriverait pas.

Elle se sentait minuscule, engloutie par cette immensité liquide.

— Essaie de t'accrocher au tronc, n'aie pas peur, disait Grigori.

Elle fit des efforts colossaux, mais se sentit faiblir comme si deux bras puissants l'entraînaient avec force au fond de l'eau, elle suffoqua, son cœur se mit à battre la chamade, une pression effroyable comprimait son cerveau. Ils disparurent tous les deux dans l'obscurité. Au-dessus des eaux, l'Église restait debout. Beaucoup de monde devait s'y être réfugié.

— Mais comment faire pour y arriver ? Il faut une embarcation, disait Youri !

— Ne bougez pas, je vais aller au bout du toit pour voir, reprit Igor. Je reviendrai vous dire si la route est impraticable.

Stanislas et Stépan le virent partir la mort dans l'âme. Ils étaient en pleurs, mais Igor devait tenter l'impossible. Agata somnolait, quand elle vit qu'Igor n'était plus là, elle cria : où est-il ? Je ne veux pas qu'il me quitte ! Nous sommes ensemble, nous mourrons ensemble ! Elle le vit un peu plus loin sur le toit et se mit à ramper avec Youri, qui ne voulait pas lâcher sa mère, de peur qu'elle ne tombe. Elle s'entêtait, Youri ne lâchait pas prise et Igor la suppliait de loin en lui affirmant qu'il reviendrait, que c'était pour le salut de tous. D'un air égaré, elle répétait sans cesse : je viens avec toi ! Je viens avec toi ! j'insiste, nous y allons tous les trois. Les autres vont nous attendre, j'ai laissé les petits avec Éva. Bon gré mal gré, Igor dut les attendre. Ils marchaient lentement. À chaque pas, Igor se retournait et la soutenait. Stanislas criait pour qu'ils fassent demi-tour. Le jeune garçon apercevait leurs silhouettes lointaines sur les toits, il vit un signe de la main des hommes, mais le grondement des eaux l'empêchait d'entendre ce qu'ils disaient. Bientôt, il ne les vit plus.

Au bout de cinq minutes qui parurent une éternité, ils réapparurent sur la pente du toit, ils se traînaient à genoux le long du faîte. Stanislas et Stépan étaient en pleurs, ils criaient de toutes leurs forces :

— Revenez ! Revenez ! Grand-père ! Grand-mère ! Papa ! C'est trop dangereux.

Les autres se mirent aussi à crier. Mais ils continuèrent d'avancer.

Un instant, ils hésitèrent, puis Youri monta le long d'un tuyau de cheminée avec une agilité de chat. Agata et Igor étaient au milieu des tuiles. On discernait leurs silhouettes entièrement noires sous le ciel nuancé de gris. Un grondement se fit entendre, la lune se leva, une belle lune ronde, libre dans le ciel avec une face jaune qui éclairait le lac immense d'une lueur vive.

Soudain, l'arrière de la ferme s'écroula. Vladimir jeta un cri de terreur en les voyant disparaître.

Dans l'écroulement, ils ne distinguaient qu'une tempête, un rejaillissement de vagues sous les débris de la toiture arrière. Éva avait la gorge serrée, elle tremblait. Vladimir tenta de l'apaiser. Les enfants, allongés sur le toit, semblaient hypnotisés, leur regard vide, sans vie.

Puis le calme se fit, la nappe reprit son niveau avec le trou noir de la façade engloutie, hérissant hors de l'eau la carcasse de ses planchers fendus. Il y avait là un amas de poutres enchevêtrées, une charpente détruite et, entre ces poutres, Vladimir vit un corps remuer, tenter des efforts surhumains.

— Il est vivant ! Il est vivant ! Cria Vladimir ! Dieu soit loué, il vit !

Là, au-dessus de cette nappe blanche que la lune éclairait, ils virent Youri qui se débattait.

Ils eurent un rire nerveux, ils tapaient dans leurs mains de joie.

— Il va remonter, disait Vladimir !

— Oui ! Disait Stanislas d'une voix vibrante !

— Il va s'en sortir, ajouta Éva ! Mes enfants ont besoin de leur père.

— Oui ! continua Vladimir ! Tenez ! Le voilà, il essaie de saisir la poutre à gauche.

Puis, leurs rires cessèrent.

Ils n'échangèrent plus un mot, la gorge serrée par l'anxiété.

Ils venaient de comprendre la terrible situation dans laquelle se trouvait Youri. Dans la chute arrière de la maison, ses pieds se trouvaient pris entre deux poutres ; et il demeurait coincé, sans pouvoir se dégager. C'était impensable, effroyable. Un tremblement convulsif secoua Éva. Elle assistait à la mort de son mari. Elle ne quittait pas des yeux le malheureux, sous elle, à quelques mètres. Elle poussa un hurlement en continu, un hurlement d'horreur. Les enfants aussi hurlaient.

— On ne peut pas le laisser mourir ainsi ! disait Vladimir, éperdu. Il faut essayer de le sauver.

— Oui ! Oui ! hurla Éva, je viens avec toi, il faut le sauver.

— Stanislas et Stépan, vous allez rester sagement sur le toit et surtout, ne bougez pas, nous allons revenir.

— Oui, maman ! Nous allons être sages, on va vous attendre.

— J'ai une idée, continua Vladimir, Éva regarde là-bas, le long du tuyau où sont descendus Grigori et Sofia, nous pouvons essayer de faire comme eux, glisser lentement et atteindre les poutres qui sont tombées à l'eau. Puis, à l'aide de ces poutres, atteindre l'endroit où est Youri et essayer de le détacher de ces maudites planches.

— Oui ! C'est parfait, Vladimir ! Allons-y vite ! Le temps presse.

Ils se dirigèrent tous les deux vers le tuyau et glissèrent facilement jusqu'à l'eau, quand une autre partie des fondations de la ferme s'éboula sur eux. Alors, un froid terrible glaça les deux jeunes garçons. Dans leur chute, Éva et Vladimir s'étaient pris les mains, machinalement ; ils les serraient à les broyer, sans pouvoir détacher leurs regards de l'affreux spectacle.

Éva se débattait jusqu'à ce que ses poumons se remplissent d'eau. Elle vit ses parents, sa mère Prisca, si humble, si courageuse, et son père Alexis, qu'elle avait peu connu. Elle s'était promis d'aller à Paris, d'aller sur le lieu de l'accident et de faire une prière qui libérerait son âme à tout jamais. Elle eut une dernière pensée pour ses deux petits sur le toit, mais il était trop tard. Ses yeux se remplirent de larmes et, n'en pouvant plus, elle lâcha prise et coula.

Ses tympans explosèrent et tout devint noir autour d'elle. Vladimir la rejoignit, il était enveloppé par les ténèbres, il comprit que c'était la fin. Plus un mot ne sortait de sa bouche, car il n'y avait plus rien. Rien que cette obscurité froide et effrayante. Rien que du noir. Vladimir et Éva avaient disparu, emportés par le courant. Youri avait assisté à la scène, il était encore vivant. Avec une force extraordinaire, il maintenait son corps dans une position oblique, mais la fatigue le brisait. Il luttait, il pensait à ses deux petits bonhommes qui étaient morts de peur sur le toit.

Il voulait se rattraper aux poutres, mais rien n'y fit, il savait qu'il n'y avait plus d'échappatoire. La mort fut lente à venir, ses cheveux trempaient dans l'eau, il devait en sentir la fraîcheur au sommet du crâne. Une première vague lui mouilla le front, d'autres lui fermèrent les yeux. Les enfants virent sa tête disparaître. Seuls sur le toit, serrés l'un contre l'autre, ils pleuraient, ils avaient le visage entre leurs mains jointes.

Ils sont restés longtemps, très longtemps sur ce toit, ils avaient très peur, l'eau atteignait les tuiles ; le toit n'était plus qu'une île étroite, émergeant de la nappe immense. Toutes les maisons aux alentours s'étaient écroulées. Soudain, la toiture s'est décrochée, elle a été emportée comme une sorte de radeau.

Le grand ruissellement semblait la charrier. Puis elle s'est retrouvée dans la houle des vagues. Les gamins s'accrochaient désespérément aux tuiles. L'eau rugissait, des crachements d'écume mouillaient leurs pieds, leurs jambes, ils ne voulaient pas mourir. Après, il y a eu un grand trou noir, puis ce fut le néant. Des gens sont venus les chercher avec des barques. Ils les ont trouvés couchés, transis, évanouis. Les eaux ont eu la diligence de ne pas les emporter alors que tous leurs proches étaient partis.

On leur a dit plus tard que beaucoup de corps avaient été repêchés, qu'ils étaient déjà ensevelis en longue file indienne, dans un coin du cimetière et qu'ils dormaient tous ensemble sous la terre.

Suite à cette terrible catastrophe, les deux orphelins furent rapatriés à Moscou et placés dans une famille d'accueil aimante et pieuse. Stanislas avait neuf ans et Stépan sept ans. Au fil du temps, ils ont retrouvé un peu de chaleur et d'affection au sein de leur nouvelle famille, composée du père Yvan, de la mère Anièta, de la fille Ellora et du fils Elios. Ils furent élevés comme leurs propres enfants. Les études de Stanislas et de Stépan, commencées en école privée à Moscou, ne furent pas interrompues. Leur vie fut simple, équilibrée et saine avec une assiette bien remplie, ils vivaient dignement.

De leur famille, de leurs parents, ils n'avaient plus que cette image affreuse, ces êtres gonflés par l'eau, défigurés, aux faces livides, avec dans leur cœur l'héroïsme de leur tendresse.

« La vie brise tout le monde, et ensuite, quelques-uns deviennent plus forts aux endroits où ils ont été brisés. » Ernest Hemingway

Nikita

Il est presque huit heures, le soleil haut dans le ciel est de plomb ; l'air de Moscou est sec et surchauffé. Ce matin du 10 juillet 1961, Stanislas et Stépan descendent la rue Gorki et se dirigent vers la place du Manège.

Cette place doit son nom à un vaste bâtiment érigé au début du XIXe siècle. Les jeunes de l'ancienne noblesse venaient autrefois s'y initier à l'équitation et les cavaliers y démontraient leurs talents. Un vaste espace sépare le National du Manège. Malgré la distance, on distingue les moindres détails des murs du Kremlin qui surplombent la place et font le tour de la forteresse. Seules quelques portes fortifiées et gardées militairement laissent passer de temps à autre une voiture officielle qui circule rapidement, toutes vitres baissées. Les murs rouges et blancs du Kremlin tranchent sur le reste de la ville, jaune et grisâtre.

Les garçons avancent d'un pas léger, le cœur joyeux, ils se dirigent de l'autre côté de la place vers l'université Lomonosov. Stépan a intégré une filiale d'apprentissage pour devenir boulanger, il rêve d'ouvrir un jour sa propre boutique. Il pense à la belle Nikita qu'il doit retrouver devant l'université. Il y a quelques jours, Stépan a fait sa connaissance chez son ami

Anatoli, le premier Moscovite chez lequel il a été reçu les bras ouverts. Parmi les nombreux invités se trouvait Nikita, son charme et son intelligence ont immédiatement frappé Stépan. Cette jeune étudiante russe veut devenir boulangère et se spécialiser dans l'histoire de l'architecture de son pays. Elle est très brune, porte de longues nattes, et ses vêtements sont colorés. Elle est joyeuse et se distingue par sa taille, plus grande que la moyenne, et surtout par un comportement qui suggère un esprit de décision exceptionnel.

Ce jour-là, le regard chocolat de Nikita a croisé le bleu lagon de Stépan, elle avait le cœur qui battait la chamade. Il s'était avancé vers elle et lui avait tendu une main fine et tremblante, elle lui avait demandé dans un Russe à peine marqué d'accent : « *Comment va la vie ?* »

Sourire aux lèvres et rose aux joues, il avait balbutié « *nitchévo* », qui veut dire « *ça va* ». Quand ils quittèrent l'appartement d'Anatoli, ils avaient le regard dans le vague et les mains moites.

Sans se concerter, ils s'étaient dirigés vers un bar discret où des stalles habilement aménagées permettaient aux amoureux de se dire et de montrer leur amour, sans être importunés par des regards avides et curieux. Deux vodkas, deux bouches, deux cœurs épris : ce fut un moment délicieux.

Ils se firent des aveux, des serments, des promesses, et passèrent leurs journées ensemble.

Un soir, Stépan s'engouffra sous le porche de l'immeuble où vivait Nikita. Il monta l'escalier à pas de loup et pénétra vivement dans l'appartement, une rose teintée en bleu et une bouteille de champagne à la main. Nikita avait cuisiné des petits fours salés, elle avait revêtu une robe couleur rose framboise sous laquelle il devinait sa nudité. Après quelques coupes et gâteaux engloutis, il commença à l'embrasser et la porta sur le lit. Nikita possédait un corps de jeune fille nanti de petits seins innocents. Il caressa amoureusement sa peau lisse et soyeuse. Elle se laissa faire et le couvrit de baisers. Elle poussa l'audace jusqu'à le déshabiller. Elle poussait des petits cris en mettant à nu le corps d'athlète, mat et ardent de son amant. Les deux amoureux savourèrent la joie exaltante de l'abandon et l'ivresse de la jouissance. Le temps n'existait plus, l'espace s'était restreint à leurs enveloppes corporelles et à ce petit lit. Ils n'avaient d'autre perception que celle de leurs deux corps, de leur chaleur, de leur densité, leur langage universel.

Stépan amoureux de Nikita s'était rapidement installé avec elle dans son confortable studio situé dans le centre de Moscou. Il était coquet et simplement meublé.

Une table, des chaises, une armoire et un lit assez large. Une fenêtre s'ouvrait sur la ruelle Marx-et-Engels et, au-delà, sur la Bibliothèque Lénine. Une boulangerie était à deux pas. À côté de la chambre se trouvait un cabinet de toilette avec douche. Nikita avait un réchaud à pétrole pour faire du thé et cuire quelques aliments.

— Nikita ! Nikita ! Tu es en retard, ma chérie, voici ton café. Je pars dans dix minutes.

Dehors, il faisait froid et encore nuit. Nikita était enfouie profondément sous la couette, pour se protéger des lueurs sourdes des matins d'hiver.

— « Debout, Nikita ! »

Stépan sentait l'eau de Cologne citronnée et la mousse à raser. Déjà un mois qu'ils vivaient ensemble.

Ce sont les petites habitudes plus que les grandes décisions qui construisent un vrai couple. Une habitude s'installe, on investit des rôles sans l'avoir décidé. Stépan et Nikita étaient imbattables sur leurs sujets respectifs. Il aimait prendre son jus d'orange pressé et son thé avec plus de lait que dans son café. Elle préférait le jus de pamplemousse et ne mettait qu'une goutte de lait dans son thé, mais pas dans son café. Elle le préférait noir et sucré. Elle adorait la salade de fruits et lui le fromage. Qu'attendre de plus d'une relation amoureuse ? Petit à petit, ils étaient en train de devenir un vrai couple.

Nikita n'avait jamais vécu avec un homme auparavant. Elle appréciait cette nouvelle expérience. Stépan était remarquable, il lui apportait une tasse de café au lit tous les matins. C'est lui qui vidait la poubelle, dégivrait le frigo, changeait les draps, qui réparait l'aspirateur. C'est elle qui repassait, cousait, cuisinait, lavait le linge, qui arrosait les plantes, elle qui faisait la vaisselle. Chaque samedi, ils faisaient les courses ensemble.

Un jour, Stépan arriva plus tôt que prévu, souriant et portant un gros bouquet de roses bleues. Nikita, surprise, lui demanda ce qu'il voulait célébrer. Ce n'était pas leur anniversaire et ils n'avaient pas beaucoup de dates à fêter. Il la fit patienter et lui annonça qu'il avait trouvé leur nouveau nid, un bel appartement un peu plus loin en centre-ville. Ils ont échangé un sourire complice, ont éclusé une demi-bouteille de champagne et savouré des amuse-gueules entre pleurnicheries et gloussements, laissant libre cours aux larmes de joie, ils riaient de leurs blagues comme des enfants, ils étaient heureux.

Ce jour-là, Nikita a pris conscience qu'il envisageait le mariage. Il voulait officialiser leur couple.

Stanislas

À l'université Lomonosov, Stanislas a su ne pas laisser passer sa chance. Il voulait réussir et il travaillait sans relâche, n'hésitant pas à rester des journées entières dans les salles immenses des bibliothèques universitaires, plongé dans des manuels de droit et des études de cas. En 1962, À vingt et un ans, avec sa toge, son beau costume et son diplôme de droit en mains, il semblait toiser l'univers. Il avait la rage, le monde lui appartenait. À vingt-quatre ans, il possédait sa licence, la consécration, le fruit de son travail. De tous les cabinets d'avocats d'affaires de Moscou, « Walter » était le plus prisé. Il était celui qui avait le vent en poupe. Il comptait plus de 5000 employés répartis dans l'ensemble de l'URSS, avec une proportion significative à Moscou. Très tôt, Stanislas avait dû se forger une personnalité fondée sur le cynisme et l'individualisme et enfouir tout ce qu'il avait de fragile en lui, pour être un des meilleurs, pour ne pas avoir à s'excuser de ses faiblesses. Les choses auraient pu être si différentes s'il n'y avait pas eu tout ça : l'argent, la différence du milieu social, le besoin de se surpasser. Stanislas était très vite devenu la coqueluche au siège de la maison « *Walter* », au point que Vassili Pérore, le bras droit du patron,

41

avait proposé sa candidature comme associé. Le cabinet était alors en plein développement, si bien qu'à vingt-cinq ans, Stanislas avait fait ses bagages pour retourner dans la ville qui l'avait vu grandir : Saint-Pétersbourg. Il y attendait son nouveau poste de responsable du groupe « Russio, fusions-acquisitions », dont la gamme d'intervention couvrait l'ensemble des spécialités juridiques et fiscales liées à ces problématiques. Un parcours exceptionnel pour son jeune âge.

Stanislas a travaillé d'arrache-pied et réalisé son rêve, celui de devenir un des avocats les plus renommés et les plus précoces de la profession. Il a réussi et gagné de l'argent par son travail en défendant des individus et des sociétés, et en faisant respecter des lois. Pétillant, rempli de vie et plein de confiance en lui, il ne lui manque plus que l'amour pour compléter son existence.

Pétra est son assistante, c'est une fille rigide, austère de trente-huit ans, toujours vêtue de tailleurs classiques et sombres. Elle s'investit beaucoup et a toute la confiance de Stanislas, qui n'hésite jamais à lui confier des responsabilités. Il faut dire que Pétra a une capacité de travail peu commune qui lui permet de suivre le rythme imposé par son patron. Elle a toujours rêvé d'être animatrice. Le jour où elle a exprimé son souhait à ses parents, elle a eu, pour toute réaction, leurs visages ahuris. « *C'est une blague ! Fais des études sérieuses d'abord et tu verras le reste après »*. Alors n'osant contrarier ses géniteurs qui étaient très autoritaires, elle avait entrepris des études de droit.

Après son baccalauréat emporté avec la mention « *Très bien* », elle avait trouvé un poste de chargé de comptes chez « *Walter* », puis, tout comme Stanislas, elle avait rejoint la filiale « *Russio* » en tant qu'assistante juridique. Pétra a une parfaite maîtrise des langues, elle excelle en russe, en anglais et en allemand, ce en quoi les autres assistantes sont loin d'égaler.

Elle est grande et bien proportionnée, ses tailleurs lui affinent la silhouette. Jupe crayon sous le genou, escarpins vernis, cheveux blonds toujours noués en un chignon bas sur la nuque, lunettes rondes cerclées d'écaille qui lui donnent le vrai profil de l'assistante classique.

— Stanislas !

Pétra vient d'entrer sans frapper, comme elle en a l'habitude lorsqu'ils sont seuls. La jeune femme fait le point sur le programme de la journée et ajoute : voulez-vous que je vous apporte une boisson ?

— Oui, Pétra ! Merci de m'apporter mon courrier et un triple café ? Très fort et sans lait, avec un croissant.

Stanislas consacre chaque jour une heure à parcourir son courrier, puis consulte ses messages en terminant sa dernière tasse de café.

Après une longue journée de réunions avec ses clients, il fait un passage éclair dans l'officine de Pétra. Des dossiers sont posés pêle-mêle sur son bureau. En plus de son implication dans les conseils d'administration, la validation des contrats, la jurisprudence, la défense des citoyens et bien d'autres tâches encore, il supervise l'équipe juridique. Stanislas aime se retrouver seul et s'installer confortablement pour étudier, boire jusqu'à l'ivresse, se sentir grisé, anesthésié, pour pouvoir enfin s'écrouler et s'endormir. Il a parfois le sentiment de s'être trop sacrifié au travail. Les concessions, les discussions épuisantes, les frustrations, la disparition de ses proches resurgissent une à une.

Dans sa jeune carrière, il a déjà démêlé des tas d'affaires enchevêtrées, glauques, de vrais sacs de nœuds. Ce nouveau dossier est un vrai casse-tête chinois. Son cerveau bouillonne, il pose son stylo et sa calculette. Il est toujours face aux mêmes questionnements. Envoyer un mail pour exiger de nouveaux documents ! En référer à l'assureur ! Cette affaire est incomplète ; il y a anguille sous roche. Il note alors sur une feuille la chronologie des événements, avale un café bien corsé, mais n'arrive à aucune conclusion satisfaisante. Découragé, frustré, le jeune homme, épuisé, repousse les documents dans un coin du bureau et décide de rentrer chez lui. La nuit lui portera conseil. Quand il arrive sur le parking, l'endroit couvert de neige est presque désert, quelques flocons virevoltent.

Le silence de l'obscurité l'envahit. Au-dessus de l'entreprise, le ciel d'un gris noir cendré est figé dans l'espace, comme si une particule morte de cette planète s'y reflétait. Quelques petites étoiles amères qui se détachent ont peine à scintiller. La blancheur innocente est déjà couverte de cicatrices laissées par des pneus.

Deux hommes, bonnets vissés jusqu'aux yeux, se tiennent debout face à face et se serrent la main, tournoient. Une brume d'haleine et de calme flotte ; des chaussures soulèvent une poussière de neige. Le froid mordant incite Stanislas à rentrer.

Karolina

Saint-Pétersbourg, avril 1966.
Ce soir d'avril, le temps est doux, Stanislas se gare sur le parking au volant de son gros 4x4 bleu marine devant le café littéraire sur l'avenue de la perspective Nevski, où il a l'habitude de prendre ses collations. La bière coule à flots et la musique est diffusée à plein tube. C'est une atmosphère populaire.

— Hé ! Lance Grégory, le barman qui officie derrière son comptoir. Enfin, te voilà, Karolina ! Voilà la plus belle de toutes, continue-t-il.

— Salut Greg fait la voix féminine.

Stanislas la voit entrer. Karolina est belle. Elle ressemble à l'héroïne de ses nuits blanches ! Chevelure dorée, allure fière, port de tête dominateur, jambes fines et fuselées dévoilées par sa jupe crayon. Elle jette un regard circulaire et le voit. D'un pas aérien, en tenant son sac d'une main désinvolte, elle s'avance vers le bar. Grégory lui sert un verre d'eau qu'elle boit d'un trait. Stanislas se sent faible, hypnotisé, incapable du moindre geste. Cette fille est une bombe, elle a des yeux transparents, d'un vert identique à celui de la méditerranée qui longe les falaises de Calvi en Corse.

Le bar est tenu par Vladimir Korski, un ancien policier moscovite installé à Saint-Pétersbourg depuis quelques années. Il est sa fierté. Il est fréquenté par toute la jeunesse du coin. La jeune femme noue son tablier et commence son service.

— Salut, Vladimir, qu'est-ce que je te sers ?

— Une bière ambrée. Au fait, regarde là-bas, tu as une conquête !

— Mais, qu'est-ce que tu racontes ! s'enquit Karolina en haussant les épaules.

— Je te dis que tu as une touche, ce type là-bas au bout du comptoir, bien fringué, il est avocat, il n'arrête pas de te mater depuis que tu es arrivée.

— Tu divagues complètement, Vladimir, répond Karolina en hochant la tête.

Elle empoigne un nouveau plateau chargé de bières et s'éloigne en jetant un coup d'œil au comptoir. L'homme en question a les yeux fixés sur elle. Elle ne l'a jamais vu, il n'a pas l'air d'un policier, ni d'un ouvrier, ni d'un étudiant. Fugitivement, leurs regards se croisent.

— Bonjour, monsieur ! Que puis-je vous servir ?

— Euh ! Oui ! Une bière, merci.

Elle essaie de calmer le rythme désordonné de son cœur.

— Il est plutôt pas mal, dit Grégory en débouchant plusieurs bouteilles de bière.

— Arrête tes bêtises, Greg, répond Karolina en rougissant.

— Ce n'est pas normal d'être célibataire pour une fille belle et jeune de ton âge, reprend Grégory.

— Je n'ai pas besoin d'homme dans ma vie en ce moment, affirme-t-elle.

En disant ceci, elle se remémore ses dernières aventures amoureuses. Force est de constater qu'il n'y a pas eu grand-chose de sérieux. Des flirts passagers, mais pas de relation durable pour envisager de fonder une famille. C'est vrai qu'elle n'a jamais été dupe, mais elle se souvient parfaitement de ce soir-là, ce fut un moment où elle a ressenti un besoin désespéré d'exister dans le regard de quelqu'un d'autre. Ce désir illusoire n'a duré que le temps d'une étreinte.

— Voilà votre bière, monsieur !

— Merci, appelez-moi Stanislas !

— Si je peux me permettre, puis-je connaître votre prénom, chère demoiselle ?

— Karolina.

— Je ne vous ai jamais vue ici !

— Auparavant, je faisais des remplacements, mais seulement quelques heures par jour. C'est certainement pour ça que vous ne m'avez jamais vue.

— Alors, je vous verrai plus souvent, ose Stanislas. Vous sentez la rose mademoiselle, c'est très agréable, se contente-t-il de lui dire.

Karolina rougit, confuse, le remercie pour le compliment, troublée, elle ne sait plus que dire.

Le lendemain, Stanislas a bien du mal à trier ses dossiers. Son esprit est ailleurs, il pense à la belle Karolina, cette jeune femme longue et fine à la chevelure d'or. Des mots lui traversent l'esprit. Bonheur, joie, béatitude. Puis, au grand étonnement de son assistante Pétra, il décide d'aller étudier ses dossiers chez lui. Ça fait une éternité qu'il n'a pas quitté son bureau si tôt. D'ordinaire, il abat près de dix heures de travail par jour, six jours par semaine et après son footing, il vient parfois au cabinet le dimanche. De tous les associés, c'est lui qui facture le plus grand nombre d'heures. Il a réussi à faire aboutir la fusion très médiatisée de deux grosses entreprises, ce qui lui a valu un article élogieux dans l'un des journaux les plus renommés de la profession. Non content de bénéficier d'un physique avantageux, il se veut parfait, exemplaire, méticuleux, toujours poli et courtois envers ses collègues et son assistante, il consacre gratuitement quelques heures de son temps avec des clients nécessiteux.

De son lit, Stanislas voit le ciel et les branches majestueuses d'un chêne plusieurs fois centenaire. Le réveil affiche six heures. Décidé, il se lève et savoure une douche bien chaude. Il se regarde dans le miroir de la salle de bains. Ses cheveux bruns sont coupés court, il porte un pull du même bleu que ses yeux, il sait que c'est flatteur et qu'il arrive souvent à faire bonne impression. Il se sent en forme. D'une humeur de bon aloi. Il sait bien qu'il paraît rassurant et inoffensif. Pétra lui a dit un jour qu'il pouvait se targuer d'avoir l'air aussi menaçant qu'un agneau.

Il ouvre la fenêtre, l'air vif de la rue lui fait du bien, il commence doucement à neiger. Après avoir avalé un croissant et la moitié d'un bol de café au lait, mis la main sur un pantalon de jogging et une paire de baskets, il sort pour faire son footing quotidien. Le miroir de l'ascenseur lui renvoie l'image d'un jeune homme de vingt-cinq ans au physique agréable. Il remonte la fermeture à glissière de sa veste en polaire, enfile ses gants fourrés et visse son bonnet de laine jusqu'aux yeux.

Il est un peu plus de sept heures quand il pénètre dans le parking souterrain d'un immeuble voisin, où il loue une place de stationnement pour son luxueux 4x4. Il remonte les deux étages du parking, insère une carte magnétique pour ouvrir la barrière et sort dans la ville encore grise. La circulation est fluide.

Quand il arrive au parc Alexandre, le ciel s'est éclairci, Il ne neige presque plus, le temps oscille entre froid et redoux. Ce paradis vert lui offre la paix de la nature parmi les richesses historiques et culturelles de Saint-Pétersbourg. Depuis qu'il travaille pour « *Russio, fusions-acquisitions* »,

Stanislas ne voit plus le temps passer, c'est une course contre la montre entre son travail, son jogging et ses maigres loisirs.

La solitude lui pèse parfois. Heureusement, il y a son frère Stépan. C'est une bouffée de fraîcheur, un moment qu'il savoure pleinement. Les deux hommes se voient régulièrement. Stanislas est heureux pour Stépan, heureux qu'il ait trouvé la femme de sa vie. Démêler les fils de son histoire n'est pas simple. Une certitude, toutefois : son cœur s'est arrêté de battre quand il a perdu sa famille. Il ressent une pointe de mélancolie en pensant à ses parents, Éva et Youri, ainsi qu'à ses grands-parents, Agata et Igor, à leur fils Vladimir, et à tous les autres qui ont perdu la vie lors de l'inondation de la rivière Rouge au Canada en 1950. Ses grands-parents de braves personnes qui avaient quitté leur Russie natale pour l'immensité du Canada, qui avaient acheté une ferme à Winnipeg, qui avaient travaillé d'arrache-pied leur terre agricole et soigné leurs cultures.

Quand il ferme les yeux, Stanislas voit ses parents, leurs visages, leurs silhouettes. Ils étaient partis le cœur léger, heureux de revoir la famille. Comment se seraient-ils doutés qu'ils étaient en route vers leur destin, la mort ?

Saint-Pétersbourg

« L'amour arrange et bénit. Deux ailes sur la même œuvre, deux cœurs dans le même nid. »
Victor Hugo (1865)

Karolina travaille en tant que responsable au café littéraire de la rue Niévski. C'est un lieu prisé des grands écrivains célèbres prodiges de l'âge d'or de la littérature russe au XIXe siècle. C'est une belle jeune femme tirée à quatre épingles. Longue et mince, vêtue à la dernière mode, avec des cheveux blonds, ondulés, elle sent la rose, un délicat parfum frais et subtil. La fragile rose liée à l'arrivée du printemps qui symbolise pour elle la foi, l'espoir et la véritable amitié. Son parfum secret ouvre l'âme et convient parfaitement à la méditation.

Sa peau lisse, fine et claire est parsemée de quelques taches de son qui lui donnent un petit air coquin. Ses yeux vifs brillent d'un vert lumineux. C'est une fille intelligente, souriante et douée. Avec Stanislas, ça a été le coup de foudre. Ils ont décidé de vivre ensemble. Karolina désirait être mère, elle a eu rapidement son premier enfant, Lana, une merveilleuse petite poupée rousse. À l'aube de ses vingt-cinq ans, un adorable petit blondinet, Dimitri, a pointé le bout de son nez.

Elle ne pensait plus avoir d'enfants, d'autant plus que la nature lui avait fait cadeau d'une fille et d'un garçon « *le choix du roi* ». En 1968, une dernière poupée blonde Kara, est venue clore la fratrie. Karolina est une maman comblée, Stanislas vient d'avoir vingt-sept ans, il est très fier de sa petite famille.

Leur demeure des années 1800, de style baroque, imposante, montée sur trois étages, domine l'artère principale de la perspective Nevski. Une avenue avec des bâtiments imposants des deux côtés, des ponts historiques, des places incontournables et des monuments d'intérêt. Au rez-de-chaussée, un double séjour est plongé dans la nature de plantes vertes disposées sur chaque balcon. L'étage dispose de WC afin que les convives n'aient pas de marches à gravir lorsqu'ils viennent dîner ou même déguster un thé ! Au premier étage se trouve l'espace parental : une spacieuse chambre, l'espace bureau, et une magnifique salle de bain équipée d'une baignoire îlot. Au deuxième, c'est le royaume des enfants avec leur chambre double, leur salle de jeu, une jolie salle de douche ainsi que les chambres d'amis. Cosy et confortable, le salon plonge sur un beau jardin agrémenté de fleurs, principalement des roses blanches que Karolina teinte en bleu. Elle les adore. Un grand canapé d'angle bleu ciel, cinq places, crée un espace détente très confortable.

C'est un véritable nid douillet avec des coussins assortis et déposés dans l'angle opposé. Un fauteuil en velours bleu-gris donne un aspect très chatoyant à l'ensemble. Au sol, un grand tapis gris perle délimite le salon et accentue le côté chic et confortable. Une table basse en bois clair est disposée près du canapé afin de lier les éléments. Les murs peints en bleu clair renforcent l'aspect cosy apporté par le parquet en chevrons.

Karolina aime Saint-Pétersbourg, cette ville majestueuse, impériale. Porte de l'Europe et capitale culturelle où de nombreux écrivains et musiciens ont séjourné. De Tolstoï à Pouchkine, en passant par Tchaïkovski ou Rostropovitch. Elle adore flâner dans cette ville, elle nage dans le bonheur.

Quelle fierté de marcher sur les traces de Pierre le Grand, Tsar de Russie et Empereur de toutes les Russies, qui aimait se promener à pied sur la ligne droite de la perspective Niévski. Cet Empereur qui fut pourtant un colosse primitif, gorgé de sève, obéissant à des instincts élémentaires, ce colosse que Catherine la Grande considérait comme son précurseur et son maître, qui s'est abattu sur son pays comme une tornade. Avec une énergie et une férocité incroyables cet Empereur a secoué ses compatriotes, bousculant toutes les traditions et coupant les barbes et les têtes, imposant des vêtements et des idées à l'européenne. Il a lui-même appris tous les métiers, maniant le compas et la hache, arrachant les dents, les ongles, construisant des bateaux, guerroyant sans répit contre la Turquie et contre la Suède, sacrifiant des centaines de milliers d'hommes pour bâtir Saint-Pétersbourg sur un marécage. Ce colosse mettait au pas l'Église, inventait des cérémonies blasphématoires et des farces énormes qui le faisaient rire aux éclats. Il jeta sa première épouse, pieuse et docile, dans un couvent et la remplaça par une simple servante. Il maudit son fils qui avait osé critiquer sa politique et le livra au supplice sans le moindre remords. Il y eut en Pierre le Grand un mélange de génie et de folie, de bouffonnerie et d'orgueil, qui fit de lui un personnage fascinant, dressé de toute sa taille sur le fond grouillant, barbare et mystérieux de la vieille Russie.

Karolina absorbe une bouffée d'air frais, sort de ses pensées et chasse de sa tête l'image de cet Empereur sanguinaire, elle admire cette belle ville de Saint-Pétersbourg qui illumine son existence.

L'accident

Saint-Pétersbourg, 5 juillet 1972
Karolina est fière de son mari, à trente et un ans, Stanislas est toujours séduisant, il sent la verveine, un parfum frais citronné et tonique. Il est agréable à regarder, grand, mince, les cheveux noirs coiffés en arrière, gominés par la brillantine, d'épais sourcils noirs contrastent avec ses yeux bleus très clair, bordés de longs cils souples et soyeux. Il a des lèvres sensuelles et de longues et fines mains de pianiste. C'est un avocat de renom, exigeant, réputé, plein d'allant. Il continue à dévorer livres et revues tout en se tenant au courant de toutes les subtilités et de tous les changements en matière de droit fiscal. Il fait preuve d'un véritable don pour les affaires.

La petite famille s'apprête à rejoindre Irina et Ivan, les parents de Karolina, à Moscou pour une semaine de vacances. C'est l'anniversaire d'Irina, elle va fêter ses soixante-seize printemps. Tout est réglé comme du papier à musique. Maryika, leur servante, s'occupera de la maison durant leur absence. Les bagages sont prêts, Karolina a tout prévu pour le départ, les cadeaux, un gros bouquet de roses blanches teintées en bleu et du champagne. Les petits sont remontés sur des charbons ardents à l'idée de revoir leur mamie et leur papi. Il faut dire qu'avec la distance d'environ sept heures de route en voiture, ils se voient rarement.

Le soleil brille dans le ciel. Sur la route, dans leur luxueuse et confortable Volga M24 noire, à la calandre avant à fines lamelles de chrome, qui rappelle les anciennes productions américaines, l'ambiance est joyeuse. Karolina et Stanislas se mettent à fredonner pour que les petits se calment. Bercés par les chansons, les enfants s'endorment paisiblement. Karolina baisse le volume de la radio. Ils chuchotent pour ne pas les réveiller.

Stanislas s'arrête un peu plus tard sur une aire d'autoroute afin de faire le plein d'essence, de se restaurer et d'emmener les petits aux toilettes. Après cette pause bien méritée, Karolina reprend le volant pendant que son mari somnole, elle entend Lana et Dimitri parler, rire et mâchonner le reste de leurs croquettes de poisson frit. Quant à Kara, elle est dans ses rêves.

Cette fin de journée est plutôt maussade, le ciel est bas et gris comme un toit d'usine. Quelques timides gouttelettes éparses font une brève apparition. Le crépuscule commence à tomber, de grosses gouttes de pluie prennent le relais et viennent s'éclater sur le parebrise. Des éclairs se mettent soudain à déchirer le ciel et le temps vire à l'orage.

Surpris par les grondements du tonnerre naissant, Stanislas se réveille. Karolina a ralenti sa cadence. Stanislas regarde avec amour et fierté son épouse si sereine, un joli visage mince et délicat d'une beauté et d'une pureté incomparable.

Le bruit du tonnerre se met à retentir de plus belle. Lara et Dimitri observent l'orage par les vitres, partagés entre la curiosité et l'inquiétude. Kara dort profondément. Il est aux alentours de vingt heures, il pleut de plus en plus.

— On devrait s'arrêter pour la nuit, dit Stanislas ! Tu dois être fatiguée, ma chérie.

— Karolina lui répond : ne t'inquiète pas, je vais m'arrêter sur la prochaine aire d'autoroute.

Ils ont déjà fait la moitié du parcours et la fatigue se fait ressentir. L'habitacle est calme, à l'extérieur, les trombes d'eau s'intensifient. Karolina roule prudemment. Elle est concentrée, vigilante et ses yeux sont grands ouverts pour analyser chaque élément.

Un véhicule devant elle roule à faible allure, c'est très dangereux de le suivre, d'autant plus que la pluie l'aveugle. La route est détrempée. Le bruit de l'eau qui éclate sur la carrosserie devient assourdissant, les essuie-glaces marchent à plein régime. Un vrai déluge s'abat sur eux. Karolina ne cède pas à la panique, mais elle n'est pas rassurée ; elle n'a aucun moyen de s'arrêter immédiatement et roule à une allure sans prendre aucun risque. Son regard oscille entre la route et les lignes blanches. Elle voit au loin un panneau qui indique une aire de pause, il ne lui reste plus que quelques minutes et elle y sera.

Soudain, une voiture rouge sportive, sortie de nulle part, arrive à toute allure derrière elle. Aucune échappatoire possible. Stanislas se retourne ébloui par les phares, il n'a pas le temps de s'exprimer, le bolide rouge vient atterrir à une vitesse phénoménale sur eux. Karolina et les enfants hurlent. Puis plus rien, le vide, le trou noir, le néant...

Les premiers secours ne tardent pas à arriver. Karolina gémit : j'ai mal, si mal... Je ne sais pas où exactement ! Est-ce mon visage ? Mes bras ? Mes jambes ? La douleur est très vive, si vive, difficile à supporter, elle ne sait pas d'où elle vient ! Peut-être de son corps ? Elle est dans le noir, elle a très froid, son esprit s'échappe dans un souffle saccadé. Elle n'a plus la mesure du temps. Elle est en train de sombrer dans un gouffre. Non, non, il ne faut pas. Mais où est Stanislas ? Où sont les enfants ?

Elle n'entend rien autour d'elle. Elle reprend soudain conscience, les douleurs sont plus nettes, plus fortes, elle est coincée dans l'airbag, elle parvient péniblement à faire pivoter sa tête qui craque. Stanislas ne bouge plus. Un liquide rouge et chaud dégouline le long de son cou.

Elle essaie de l'appeler, mais aucun son ne sort de sa bouche. Des larmes coulent sur ses joues. Elle ne voit pas ses enfants, elle ne les entend plus. Des silhouettes se dessinent sur la gauche, ce sont les pompiers, les soignants et les gendarmes.

— Oui, il y a bien du monde dans la voiture.

— Mon Dieu ! Faites vite... Vite ! C'est urgent !

Ils cassent le carreau.

— Ça va, madame ?

— Non, non, ça ne va pas ...

— Calmez-vous, madame ?

Karolina essaie de crier, de supplier pour ses enfants, pour son mari...

— Mon fils, mes filles, derrière... Mon mari...

Les odeurs se mélangent, le souffre, le brûlé, le goudron, la pluie. Elle ressent chaque pompier, chaque gendarme, chaque soignant, chaque personne désarmée face à l'ampleur de l'accident. Elle devient spectatrice du film, elle est là sans être là, elle voit des camions et des véhicules en travers de l'autoroute, la voiture de sport rouge complètement détruite en position sur le toit.

— Mais que font-ils ?

Elle entend des portières qui s'ouvrent, des hommes qui ont le verbe haut, des semelles pesantes qui frappent le goudron en courant. L'environnement change autour d'elle. Elle voit le ciel sombre et triste, la pluie qui ne cesse de tomber, toutes ces personnes en uniforme, toutes semblables qui s'agitent. Elle voit aussi le bouquet de roses bleues qui a été projeté sur le macadam et toutes les fleurs qui sont éparpillées entre les voitures accidentées. Tout ça n'est pas réel, elle a l'impression d'être dans un film d'horreur.

— Ils bloquent l'autoroute ! Ils sécurisent le lieu !

Tout devient flou et Karolina perd connaissance...

Ils n'arrivent pas à ouvrir la portière arrière. La Volga MV24 est dans un piteux état, elle est écrasée, comme si elle était passée sous un rouleau compresseur. Les secours emmènent Karolina, elle est gravement blessée.

— Elle a perdu beaucoup de sang ! On a le pouls.

Dans le véhicule de secours, on lui tient la main, on lui dit que les secousses de la route sont là pour lui indiquer qu'elle est encore vivante. Elle n'entend plus les gens parler. C'est comme un bruit de fond ambiant qui ne la concerne pas. Elle ne ressent rien, elle est dans le néant.

Ils s'arrêtent, les roues de son brancard se déploient. À l'entrée de l'hôpital, les ambulanciers crient leur transmission aux urgences en précipitant le brancard à travers le hall. Leur arrivée a le même effet qu'un coup de pied dans une fourmilière.

Les blouses blanches s'agitent dans tous les sens et les ordres fusent. Karolina est sur une civière inconsciente. Un second brancard qui transporte Stanislas entre, poussé sans ménagement. Il est mort.

Le tee-shirt rose de Karolina couvert de sang a été déchiré pour comprimer la plaie à l'abdomen. Son visage livide, surmonté du masque à oxygène, ne laisse rien paraître de ce qui s'est passé un peu plus tôt.

— Madame, restez calme, on va vous aider...

Karolina revient à elle, elle a peur de décrocher, elle ne sait pas où elle est, elle se sent comme dans un autre monde, un monde qu'elle ne connaît pas, où il n'y a pas de froid, pas de douleur, un monde embrumé d'anesthésiants puissants. Son regard virevolte, imprécis, dans le vague, flou.

— Je veux voir mes filles, mon fils, mon mari...

Les minutes s'écoulent au milieu des lumières et des ambulances. L'agitation des secours brouille les sens de la jeune femme. Le docteur du SMUR veut la calmer, veut lui parler.

Ses paroles irritent Karolina comme un moucheron qui grésille dans les oreilles. Elle ne le supporte pas. Elle a peur de chacun de ses mots et, paradoxalement, elle a besoin de savoir. Un autre médecin s'approche pour lui parler, mais de quoi ? Qu'est-ce qui se passe ? Où est mon mari ? Où sont mes enfants ?

Karolina apprend un peu plus tard que Stanislas a succombé à ses graves blessures et que la petite Lana n'a pas survécu. Les deux autres enfants, Dimitri et Kara, ont été transportés d'urgence par hélicoptère dans un hôpital à Moscou. Ils font tout pour les sauver. Elle est dans une chambre, ils sont en train de lui brancher un tas d'appareils. Tout le monde s'active, court, et elle, elle est là immobile, elle veut en faire plus, être auprès de ses enfants.

Les parents de Karolina, Irina et Ivan ont été prévenus tardivement, ils ont appelé Stépan et son épouse Nikita, qui se sont effondrés. Sans savoir la gravité de la situation, ils sont arrivés tous les quatre dans la chambre de Karolina, qui lutte pour sa survie.

Un médecin doit leur dire, il est dur de leur parler d'une telle atrocité, il pèse ses mots et leur informe l'impensable. Dévastés, ils fondent en larmes.

— S'il te plaît, ne dis plus rien, rétorque Ivan.

Des tonnes de gravats s'abattent sur eux. Ils ne sont plus que sanglots. Des sanglots entrecoupés de spasmes leur permettant péniblement de reprendre leur souffle. Ils sont restés de longues minutes comme ça. Leur gendre qu'ils considéraient comme leur propre fils, leur beau-fils dont ils étaient si fiers et leur petite Lana, la chair de leur chair, leur petite fille... Quelle injustice ! Stanislas, le frère de Stépan, son unique frère, son frère de sang, comment est-ce possible ? Désormais, il est seul, il a tout perdu toute sa famille. Il ne lui reste plus que son épouse Nikita et la famille de Karolina.

La jeune femme ne sait que dire tant elle souffre physiquement et moralement. L'horreur est là dans les mots. Chaque syllabe est une épée qui traverse les cœurs et les esprits de part en part. Elle est gravement blessée, elle doit passer plusieurs examens afin de savoir l'origine précise de ses maux. Infirmiers et médecins décident de lui faire passer un scanner. Son corps et son esprit sont anesthésiés, ils flottent dans un nuage cotonneux. Le ciel s'est abattu sur elle. Elle ne parle plus, ne réagit plus. Elle a le cerveau endommagé, l'abdomen lacéré, de nombreuses fractures et de graves séquelles à la colonne vertébrale, il y a de fortes chances pour qu'elle ne sache plus marcher. Elle doit être opérée rapidement, ils doivent la mettre dans un coma artificiel. Irina et Ivan sont désemparés. Les minutes défilent. Le soir tombe.

— Il est temps de rentrer chez nous, dit Irina, nous reviendrons demain de bonne heure.

— Oui, tu as raison, répond Ivan. Demain, elle sera réveillée.

Irina, Ivan et Stépan sont arrivés aux aurores, au bout de plusieurs heures de soins, d'examens et d'analyses, le docteur ne sait pas trop comment s'y prendre, il doit leur dire quelque chose, quelque chose qu'ils ne veulent pas entendre. Il veut les ménager. Ils ont déjà perdu leur gendre, leur petite fille, c'est atroce de perdre aussi leur fille, c'est injuste. C'est plus qu'un être humain ne peut supporter. Il le sait, il tente d'user de diplomatie : l'œdème au cerveau fait pression... Il va continuer d'appuyer... Il va arrêter les organes un à un... Nous l'avons mise sous oxygène, elle a repris quelque peu conscience.

Ils restent là inutiles, une boule dans la gorge, les yeux noyés de tristesse. Karolina lutte pour retrouver son souffle.

— Il y a certainement quelque chose à faire, dit Irina !

— Appelez des spécialistes, mobilisez-vous, faites tout ce qui est possible, dit Ivan...

— Mais comment est-ce possible, ajoute Stépan !

Le médecin tente de dire la vérité avec difficulté. Il est grand, blond, la peau blanche, les yeux bleus. Ils ne voient sur son visage qu'une grande lumière qui gravite autour de lui. Cette lumière, ils savent ce qu'elle veut dire. C'est celle de l'autre monde. Irina a l'impression que chacun des soignants possède une sorte d'aura, c'est étrange.

— Vous êtes sûr !

— Absolument certain. Il n'y a plus de chance.

— Oui, je suis désolé, elle ne s'en tirera pas...

Des mots durs, féroces, acérés, qui signifient

que leur fille Karolina, les quitte aussi. Elle rejoint Stanislas et Lana, qui se sentent déjà bien seuls. Pour Irina, Ivan et Stépan, le monde a perdu leurs précieux trésors. Leurs larmes se déverrouillent d'un coup, elles tombent sans s'arrêter. Le monde s'écroule.

C'est un scénario qui n'est même pas imaginable dans les pires tragédies. Ils sont désarmés, dépossédés. Perdre leurs enfants et leur petite fille, l'essence de leur être, la chair de leur chair. Comment vivre sans eux ?

— On ne peut pas la perdre, c'est impossible... On ne veut pas la perdre ! Il nous reste encore deux petits-enfants à élever, s'écrie Irina !

— Excusez-moi, docteur, comment vont les deux petits rescapés ? Stépan ?

Le soignant les fait patienter et revient aussi vite.

— Pour les deux enfants qui ont survécu, les nouvelles sont plutôt rassurantes... C'est un vrai miracle. Pour le moment, ils sont encore sous haute surveillance et ont des soins adaptés.

— Mon Dieu ! Quel plaisir d'entendre ces paroles ! Dieu soit loué, nos deux petits, vivants... C'est merveilleux ! s'écrient Irina et Ivan, les yeux noyés de larmes.

« *Le grand courage, c'est encore de tenir les yeux ouverts sur la lumière, comme sur la mort.* » Albert Camus

L'enterrement

Saint-Pétersbourg, 11 juillet 1972
Irina et Ivan se sont préparés à la pire tragédie de leur vie, l'enterrement de leur beau-fils, Stanislas trente et un an, de leur fille Karolina, vingt-neuf ans, et de leur petite fille Lana, qui a tout juste trois ans. Stépan, décomposé par la douleur, est venu avec Nikita pour dire adieu à son unique frère.

La petite Lana, Karolina et Stanislas sont enterrés ensemble, couchés pour toujours sous la même pierre tombale découpée dans du marbre blanc et gris. Une pluie fine mouille le paysage jusqu'à l'horizon triste et fermé. Irina, Ivan, Stépan et Nikita se serrent les uns contre les autres, en essayant de maîtriser leurs larmes. Ils n'ont pas la force de prononcer la moindre parole.

Irina est dans un état second, le trajet est pénible, elle regarde inconsciemment. Maintenant, ils se dirigent vers la chambre funéraire. Elle se laisse porter, elle ne sait pas comment va se dérouler cette journée. C'est Ivan qui s'est occupé de tout, elle ne sait pas où il a pu trouver les ressources pour organiser tout ça. Il a fait preuve d'une force incroyable. C'est un roc.

Il n'a plus d'âge. Son regard est fixe, sec. Sans aucune émotion. Seul un long frisson au choc sourd le sort de ses pensées. La première pelletée de terre sur le bois du cercueil le glace, malgré les timides rayons qui tapent sur son crâne dégarni. Puis il s'effondre comme une masse.

Il commence à pleurer sans discontinuer. Irina le prend dans ses bras en silence. Ses larges épaules voûtées par le chagrin tressautent de sanglots mal contenus qui donnent à son corps massif l'allure d'un pantin désarticulé.

Dans l'Église, une foule se déploie devant eux, Irina a l'impression de prendre une claque, d'étouffer. Il y a tellement de monde, le lieu saint est comble. Ils ont tous les yeux rougis et gonflés. Ils se dirigent maintenant tous les quatre vers le cimetière, l'ultime étape avant l'adieu. Irina sent la peur d'Ivan l'envahir, elle a peur qu'il craque, mais ça n'arrivera pas, car Ivan est fort, plus fort qu'il n'y paraît, puis il reste deux enfants en bas âge. Que vont-ils devenir ? Ils sont déjà démolis, déjà en miettes.

Il fait doux dehors, un vent léger caresse le visage d'Irina au travers de ce beau ciel de juillet, elle se laisse aller un bref instant, elle s'absente, elle flotte, elle se sent comme emportée par cette douce brise qui l'apaise. Et puis la réalité la rattrape, elle avance, poussée par tout ce monde, cette foule de personnes en noir et blanc, cette foule triste pour eux. Chaque geste, chaque action n'est qu'un profond coup de couteau planté dans le cœur d'Irina.

Des personnes viennent l'embrasser, la soutenir, lui passer la main dans les cheveux, des mains amicales se posent sur ses épaules. Les hommes en noir sont là, ils attendent, c'est bientôt la fin. Ivan, digne de ses actes, décide de mettre le premier coup de pelle. Il est encore bien alerte pour ses quatre-vingts ans. Stépan met le second. Irina ressent chaque battement de cœur lourd autour d'elle et, dans ce déchirement, elle n'est que bercée par ce vent léger qui l'accompagne. C'est comme si, dans cette brise silencieuse et apaisante, il y avait un peu de sa fille, de sa petite fille, de son beau-fils. Ça l'empêche de s'écrouler. Elle ne verse aucune larme.

Tous les quatre tiennent une rose blanche teintée en bleu, le fleuriste a magnifié la fleur et retiré les épines. Stépan a gardé les yeux fixés sur la tige lisse et inoffensive pendant la messe en pensant qu'il faudrait enlever les épines des gens comme on ôte celles des fleurs. Il n'a pas réagi quand la main chaude de Nikita s'est faufilée dans la sienne.

La cérémonie touche à sa fin, ils disent au revoir à leur chair, à leur prince et à leurs petites princesses, qui sont installés pour le repos éternel dans un beau cercueil ivoire. Stépan et Nikita ne veulent pas regarder dans le cercueil. Ils jettent leurs roses et s'éloignent, ils ne veulent surtout pas les voir allongés là. C'est trop douloureux. Non. Il faut penser à autre chose. Aux bons moments passés ensemble. Il faut effacer très vite avant que l'image ne s'imprime.

Irina refuse de leur dire adieu, car, pour elle, ils vivront à travers ses entrailles, à chacun de ses mouvements, chacune de ses respirations, à chaque battement de son cœur. Ils resteront en elle, car ils sont ses enfants.

Tout est fini, les roses bleues les ont accompagnés, ils ont rejoint la terre, ils ont quitté leur univers. Maintenant, le moment est venu pour remercier chaque belle âme venue, de dire un mot, de déposer une fleur, un baiser, une pensée. Le dos courbé, les yeux sombres et embués de larmes, la tête inclinée vers le sol, les gens disent : *tragédie, tristesse, drame.* Au milieu de cette foule, Ivan et Irina distinguent leurs voisins, mais aussi les collègues de travail des défunts.

Stanislas et Karolina rayonnaient partout où ils passaient, ils étaient appréciés de tous. L'émotion recommence à monter. Irina baisse la tête, elle se sent partir et puis se ressaisit pour esquisser un timide sourire. Quand la cérémonie prend fin, il faut déjà franchir un nouveau cap. Il faut se battre et avancer pour les deux petits rescapés.

Irina, Ivan, Stépan et Nikita reprennent le chemin vers l'hôpital de Moscou, il faut absolument prendre des nouvelles de Dimitri et de Kara. Tout se mélange dans la tête d'Irina, c'est très douloureux.

À son âge, elle n'aurait jamais pu imaginer cette tragédie. Elle commence à céder, son corps s'épuise, c'est encore une femme alerte et bien conservée. Sa discipline, c'était le triathlon. Ses cheveux ont des reflets argent et son visage reflète une peau soignée. Elle a toujours pris soin de sa personne. Aujourd'hui, elle n'est plus qu'une coquille vide, trop lourde, elle se sent partir. Il faut bien que le contrecoup arrive, elle ne s'alimente presque plus. Elle manque d'énergie, mais elle doit rester forte et tenir pour son mari, pour Stépan et Nikita, pour Dimitri et Kara. Son médecin lui a prescrit des anxiolytiques pour l'aider à retrouver le sommeil. Elle a conscience que seule elle n'y arrivera pas. C'est Ivan qui l'a forcée à rencontrer son généraliste. Cette nuit, elle va enfin dormir et penser à ses petits-enfants.

La boulangerie de Moscou

1977, Moscou cinq ans plus tard
Grand-mère Irina avait la maladie d'Alzheimer, à quatre-vingt-un ans, elle a été placée en maison de retraite. Elle était déjà morte tout en étant vivante. Grand-père Ivan, rongé par le chagrin, brisé par l'accident, n'a jamais su remonter la pente. Pour tenir le coup, il buvait et se droguait à l'aide de médicaments. Il est décédé à quatre-vingt-cinq ans.

Kara est très belle, elle a cinq ans, elle tient de sa mère Karolina, fille du nord, blonde aux yeux bleus, presque marine, longue et fine comme elle, des cils épais en corolle et de belles dents droites et blanches. Dimitri a sept ans, ses cheveux blonds et bouclés sont devenus châtains. Stépan et Nikita ont adopté les deux petits rescapés. Depuis la mort des grands-parents, ils ont mis leurs cœurs en jachère. Leur existence s'est principalement concentrée sur les enfants et sur leur travail.

Un dimanche de février, Nikita et Stépan se promènent dans leur quartier préféré bordé à l'ouest par le Kremlin, celui que les Moscovites appellent « *belle place* » en ancien russe. Ils sont assis sur un banc pour siroter leur *Sbiten*, un hydromel acheté au café de la place rouge.

Cette boisson revigorante au miel et aux épices les réconforte. L'air est frais et le soleil voilé. Au bout d'une quinzaine de minutes, ils ont froid, puis, sans s'en apercevoir, ils ont arrêté de parler et ont regardé droit devant eux. Dans leur champ de vision, ils ont observé une boutique décrépie, accolée à une maison qui avait du cachet. Nikita a doucement tourné la tête vers Stépan en souriant. Il l'a regardée avec amour, avec le même sourire un peu niais, puis ils ont éclaté de rire et se sont embrassés.

Dès le lendemain, ils ont enquêté pour savoir si cette boutique et cette maison étaient à vendre. Aucun écriteau n'indiquait qui en était le propriétaire. Ça leur a pris plusieurs semaines avant qu'ils apprennent que le propriétaire était parti précipitamment aux États-Unis, au chevet de son père malade, mais qu'il n'était jamais revenu. Et pour cause, il était mort. C'est sa sœur qui avait hérité de la maison et du magasin et qui avait accepté de vendre, à un prix particulièrement intéressant selon le marché de l'immobilier moscovite.

Leurs économies et l'héritage laissé par Ivan et Irina ont contribué à acheter leur petite maison et leur fonds de commerce. Stépan et Nikita ont rapidement signé et accepté l'offre. Lors de leur première visite, Nikita avait peur que Stépan ne soit rebuté par les travaux à réaliser. Elle lui avait fait confiance, elle le savait optimiste, voire utopiste parfois. Stépan l'avait rassurée, il était enthousiaste, il lui avait expliqué comment réaménager l'espace, disposer le mobilier, décorer les murs et installer leur matériel. Nikita était dans ses pensées quand Stépan l'avait attrapée par la taille, il avait approché son visage du sien et l'avait embrassée à pleine bouche, sans se soucier de la présence de l'agent immobilier, ce qui avait dû renforcer le stéréotype sur les Moscovites et leur fougue légendaire. Que pouvait-il demander de plus ? Tout semblait parfait pour la jeune femme. Elle était là, avec son mari, son amoureux, son âme sœur, dans le plus beau quartier de Moscou et devant la porte de ce qui allait devenir leur petit coin de paradis...

À trente-quatre ans, Stépan a concrétisé son projet et ouvert sa boulangerie. À trente et un ans, Nikita attend son premier bébé. La vitrine a été entièrement recouverte de peinture blanche pour éviter que des curieux ne jettent un œil à l'intérieur, même s'il n'y a rien d'intéressant. Seulement quelques chaises bancales, des tables, un frigo et un comptoir de fortune. Il y a des travaux, mais c'est leur nid d'amour. Cette boutique est à leurs yeux la plus belle du monde. Elle représente leur rêve ultime au cœur de la Russie. Boutique et maison leur appartiennent désormais... Ils savourent cet instant, une main jouant avec les clés de la porte d'entrée et l'autre lovée dans celle de Stépan. Nikita sent son cœur battre la chamade, ils sont heureux et savent le ménage et les travaux qui les attendent, ça ne leur fait pas peur, bien au contraire. Ils ont hâte de s'y mettre pour créer le magasin qu'ils ont imaginé et désiré. Tout le monde se connaît. La boulangerie n'est-elle pas le lieu de passage obligé de tout chrétien qui se respecte dans une journée ?

Kara et Dimitri grandissent dans l'odeur chaude de la pâte à pain, des gougères, croissants, petits pains au chocolat et choux. Chaque matin, un car les emmène au collège. Après, ce sera le lycée et ensuite l'université. Stépan voit bien Kara en institutrice, le métier idéal quand vous avez des enfants, à la fois un travail sûr, et grâce aux horaires et aux vacances, le temps de vous en occuper convenablement. Kara est très belle. Mais au fait, la beauté c'est quoi exactement ? D'où vient la différence ? Aux dires de la famille, elle a des yeux magnifiques, son nez est bien droit et sa bouche impeccable. Cheveu plus blond grâce au shampoing à la camomille. Blé tendre, blé de printemps.

— Ta sœur, elle en jette ! À dit un petit garçon à Dimitri.

C'est vrai que les garçons se retournent tous sur son passage et elle le sait. Dimitri et Kara sont des enfants studieux, ils aiment aller à l'école. Ils bossent dur. Dimitri veut devenir un célèbre avocat comme son père. Kara est une fillette spontanée de nature joyeuse. La joie dans toute son innocence, sa splendeur, une joie fusionnelle que Stépan, Nikita et Dimitri partagent tous les soirs sur la toile cirée à carreaux de la table de la cuisine. Ça fait partie de leurs moments à eux, durant lesquels ils ne se posent aucune question, bercés par la musique des mots, imprégnés par l'odeur du repas.

Les iris bleus de Kara s'élargissent soudainement, et ses lèvres murmurent « *tu as vu papa Stépan ! Tu as vu maman Nikita, comme je sais lire !* »

Nikita sourit, radieuse, ravie de voir à quel point les plaisirs simples de la vie illuminent le visage des enfants. Leurs cartables sont bien tenus rangés, tout a sa place dans un univers si magnifiquement scolaire. Kara est gaie, insouciante, elle chante de tout son souffle et de toute son âme, Dimitri, plus réservé, balbutie un refrain, Nikita les considère comme ses propres enfants. Des moments intenses et magiques, des moments de pure sérénité, elle les savoure et les enfouit dans sa mémoire pour les laisser bercer sa vie. Dimitri et Kara sont heureux et rassurés. La vie de tous les jours sent le bon pain, l'eau de Cologne, le shampoing aux œufs, les habits fraîchement lavés, l'odeur de l'encre, de la colle, celle des crayons de bois aiguisés et des cahiers. Nikita se délecte de cet univers, de son univers

76

depuis qu'elle est enfant, celui de sa grand-mère, de son père, de sa mère et le sien désormais. Des générations qui s'enchaînent et se déchaînent, qui transmettent leurs valeurs familiales naturellement, génétiquement, comme si cela devait être le cours normal des choses.

Chaque matin, Stépan est accueilli par l'odeur du café et du pain grillé. Il entend Nikita s'affairer dans la cuisine.

— Par ici ! lui crie-t-elle.

Elle a allumé la radio et les notes d'une musique classique lui parviennent en sourdine. Il marque un temps d'arrêt sur le seuil. Il serait bien resté ainsi, à savourer la douceur de cet instant, court répit dans sa vie de boulanger si mouvementée. Mais bon, aujourd'hui encore, il a du pain sur la planche et, pour tout dire, cela ne lui déplait pas. Il aime se projeter dans l'avenir, penser à ce qu'il pourra bien faire du temps libre dont il disposera plus tard, quand il sera vieux, quand il prendra sa retraite.

Il rejoint sa femme qui achève de dresser la table pour le petit déjeuner.

— Voilà bien ce qui fait défaut à un gourmand comme moi, apprécie-t-il en s'asseyant. Un petit déjeuner digne de ce nom.

— Profites-en, dit Nikita en versant le café fumant dans les bols. Les enfants ne vont plus tarder à descendre. Tu sais, je n'ai pas bien dormi, j'ai pensé une bonne partie de la nuit à mon accouchement. Je commence à paniquer, il faut se préparer, il arrivera bientôt.

— Ne t'inquiète pas, chérie. Tout ira bien. Nous serons heureux avec notre bébé.

À trente et un ans, Nikita attend son premier enfant, elle se remémore les mouvements du bébé dans son ventre. D'abord imperceptibles. Puis de plus en plus forts. Il bouge sans cesse, lui donne des petits coups. Des coups de poing, des coups de pied, il montre qu'il est là, bien vivant dans l'obscurité, dans cette niche sombre qui l'abrite, le nourrit et le réconforte.

Juin est déjà bien avancé, il fait chaud, Nikita vient de perdre les eaux, elle doit accoucher à la maison, elle est en sueur, elle gémit, le médecin de famille accompagné d'une sage-femme l'assiste. Stépan est présent, son visage est blanc comme un linge, il craint pour elle. Le travail a commencé, ce n'est plus qu'une question de minutes. Soudain, un cri long, strident et aérien déchire le silence. Maintenant, elle hurle. C'est une douleur que l'on ne peut pas décrire. Elle est dévorée par toute la souffrance et la force maternelle. Son ventre se dégonfle. Le bébé sort : elle expulse le fœtus avec souffrance. Lorsque le généraliste lui coupe le cordon, il donne une tape dans le dos du nouveau-né qui libère son souffle.

— Madame Nikita Bredjasky ! Vous avez une magnifique petite fille.

Lola est entrée comme par magie dans leur foyer, une petite poupée qui a été immédiatement adoptée par toute la famille. Son visage, ses mains, ses jambes, ses petits pieds, la rencontre avec cette beauté a été un véritable choc pour Nikita et Stépan, un moment intense, leur plus beau cadeau. Stépan pleure de joie, il est en admiration devant le nourrisson. Kara et Dimitri sont fiers de leur petite sœur. La petite Lola a renforcé les liens qui les unissent tous les quatre. Ils nagent dans le bonheur.

Kara

Les enfants grandissent. Kara a déjà douze ans, l'entrée en sixième, au collège, ce grand bâtiment gris, austère, et pourtant accueillant ; une nouvelle page qui se tourne trop vite sans qu'on ait le temps de réaliser que la vie vaut la peine d'être vécue. Intégration rapide, facile dans ce mélange d'élèves où chacun doit trouver sa place, se frayer son chemin, s'épanouir et réussir en donnant le meilleur de lui-même. Dimitri en a quatorze, il est déjà en avance pour son âge, il fait de brillantes études et a commencé à étudier le droit pour devenir avocat, tout comme l'était son père Stanislas. La petite Lola pousse comme un champignon, à sept ans, elle est mignonne avec ses nattes blondes, sa frimousse enfantine et sa bouche en cœur. Stépan et Nikita savent que Lola prendra la relève plus tard, leur boulangerie marche bien, elle ne désemplit pas et la petite adore aider son papa.

Kara espère un futur prometteur. De jour en jour, elle se métamorphose. Les regards masculins s'attardent sur sa poitrine naissante, sur ses fesses fermes et rebondies, sur ses jambes longues et fines, son teint pâle, ses cheveux blonds et ses yeux bleu marine qui la distinguent des autres.

Elle veut vivre ailleurs, quitter Moscou et rêve de devenir top model. Elle veut tout sauf ce collège où les minutes n'en finissent plus ou certains profs se butent face à cette adolescente si mystérieuse, si arrogante, si atypique. Elle souffre en silence, dans son coin, d'un mal-être caché, d'un regard qui se ternit et de fossettes qui ne se creusent plus sous un sourire éblouissant. Une véritable ado en crise et en souffrance. Ces crayons de bois sont rongés jusqu'à la mine, témoins incontestables d'une rage extravertie, aucun objet scolaire n'est respecté, chacun est mutilé, ignoré, dérouté de son utilisation première. Une rage contre qui, contre quoi ? Contre un système si implacable, un monde d'élitisme, d'excellence, de mentions au bac. Les notes, les cahiers, tout témoigne d'une démotivation notoire.

Nikita s'en aperçoit et lui parle calmement, elle lui explique qu'il faut de l'énergie, de la patience et beaucoup de travail pour réussir sa vie. La gamine est rêveuse, distraite, mais elle écoute Nikita tant bien que mal, à sa façon. Elle ne veut pas déranger ni perturber. Elle s'est forgé une carapace, instinct de survie dans un monde scolaire qui lui est de plus en plus étranger.

Au fond, se dit Nikita, elle n'a pas tout à fait tort, elle se remémore ses jeunes années à l'école, ces devoirs qui n'en finissaient pas, toutes ces choses répétées à outrance qu'elle jugeait trop souvent inutiles, elle voulait passer à autre chose et très vite. Pourquoi vouloir toujours chercher à comprendre ?

Kara promet de faire des efforts et de ne pas la décevoir. Elle sait ce qu'elle veut, elle est cultivée, séduisante, mais pas extravertie ni dévergondée ni marginale. Plus tard, elle s'imagine bien mariée, mais pas effacée, elle souhaite surtout réussir sa carrière professionnelle, rester mince, belle et jeune sans se faire défigurer par les chirurgiens de l'esthétique, devenir une maman épanouie, mais pas accaparée par les couches et les devoirs d'école, tenir une maison, mais ne pas devenir une boniche traditionnelle. Kara rêve de luxe, de toilettes confectionnées par les grands couturiers, de bijoux. Elle rêve de déambuler sur les podiums avec son corps mince et musclé, elle le dévoilera sans aucune gêne. Le public s'extasiera devant une création divine aussi réussie. L'argent coulera à flots, car les magazines s'arracheront ses photos. Elle s'offrira une belle voiture, une villa avec piscine dans le sud de la France. Naturellement, une armada de domestiques s'empressera autour d'elle.

Le concours

Saint-Pétersbourg, juillet 1987
Kara souhaite devenir mannequin depuis sa plus tendre enfance, le concours du top model de l'année se déroule cette année à Saint-Pétersbourg, une chance inouïe pour la jeune fille. Elle a été sélectionnée grâce à sa silhouette filiforme, son élocution et son visage parfait. Sur une centaine de candidates, elle est arrivée dans les cinq premières. La pression monte de plus en plus. Il y a encore des moments où elle se demande pourquoi elle s'est lancé un tel défi. Maintenant qu'elle y est, elle sait qu'elle ira jusqu'au bout. Elle s'est prouvé qu'elle est capable de le faire. Capable d'assumer, de croire et de réaliser son rêve de petite fille. Il lui arrive parfois de penser que ça fait partie intégrante de ses chromosomes... La mode a toujours été sa grande passion. En grandissant, elle a décidé d'en faire son métier. Elle s'était imaginé mannequin, puis styliste, créant chaque année de nouvelles collections. Pourtant, son entourage familial ne la voyait pas évoluer dans ce secteur, mais Kara y croyait dur comme fer, elle avait une envie folle d'y arriver.

Le jour J, Kara observe les concurrentes à la dérobée tandis qu'elles passent chacune à leur tour. Dernière épreuve avant l'élection finale du top model de l'année. Et non pas des moindres, puisqu'elles sont censées prouver qu'elles ont aussi un cerveau. Ce qui l'agace profondément parce que, selon certaines logiques primaires, être jolie et intelligente est impossible...

C'est son tour. Elle attend docilement qu'on l'appelle. Elle avance en se concentrant à la fois sur ses mains et sur ses pieds qui tremblent. Il ne faut pas se vautrer. Au sens propre comme au sens figuré. Pendant qu'elle s'approche, une voix rappelle son nom, son prénom, son âge et sa région. Kara affiche son plus beau sourire, en essayant de ne pas paraître crispée. Les membres du jury examinent les filles de la tête aux pieds jusqu'au moindre détail. Il y a du beau monde, le couturier Rodolphe de Dupré, la styliste Maeva Dubois, et bien d'autres personnalités célèbres qui font partie du jury. Des bribes de voix, des bruits et des rires nerveux parcourent la salle. Stépan, Nikita, Dimitri et Lola sont présents afin d'assister au spectacle. Le souhait de Kara est comme celui de centaines de jeunes filles : réaliser son rêve et devenir une princesse. Après son passage sur le podium, elle retourne à sa place toujours dans le silence. Ses mains sont moites et tremblantes, son cœur bat la chamade et ses talons résonnent sur la scène.

Une heure plus tard, les membres du jury délibèrent, les résultats tombent. À sa grande surprise, Kara est élue à l'unanimité.

À quinze ans, elle devient le nouveau top model de l'année. Rodolphe de Dupré lui tend une gerbe de fleurs. Elle peine à réaliser ce qui lui arrive, en un clin d'œil, elle est passée de la petite étudiante à la reine de beauté que tous les magazines vont s'arracher. Choquée, les larmes aux yeux, Kara s'avance sur le devant de la scène guidée par une main secourable. Dans un état second, elle salue le jury sous un tonnerre d'applaudissements, sourire timide aux lèvres.

Son rêve de petite fille n'est plus un conte de fées. Kara fait signe à sa famille, elle est fière pour eux. Sa nouvelle vie va commencer, elle est devenue l'égérie de plusieurs marques de prêt-à-porter féminin.

« Prends soin de toi, sois en bonne santé et crois toujours que tu peux réussir dans tout ce que tu veux vraiment. » Alexandra Ambrossio. Top model

La Fashion Week de Paris et de Milan

Septembre 1987

L'atmosphère est électrique dans un grand hôtel situé au cœur de Paris. Sur les toits, la vue sur la tour Eiffel est imprenable. Dans la pièce attenante au podium, seins nus, trente-huit mannequins filiformes se font coiffer et maquiller tout en essayant chaussures, blouses, jupes, vestes, robes, accessoires et bijoux. Rodolphe de Dupré les passe au crible pour les retouches de dernière minute, tandis qu'un photographe filme pour un documentaire sur la Fashion Week. Le couturier explique ce qui l'a inspiré pour sa collection automne-hiver. Proche de la quarantaine, élégant, grand et mince, cheveux courts, bruns, parsemés de fils d'argent, visage mat, lunettes noires et carrées, Rodolphe compte parmi les noms les plus importants de la mode depuis une quinzaine d'années. Il est un des meilleurs couturiers de l'époque, toujours sur le devant de la scène pour son originalité.

Cette semaine de septembre, il est à Paris, l'an prochain, début mars, il y aura le défilé de Milan et, ensuite, en octobre, ce sera celui de New York, puis il y aura le show parisien. La dernière collection l'a révélé au sommet de son art, depuis que la jeune styliste de vingt-huit ans, Maeva Dubois, l'a rejointe et qu'elle lui prodigue ses conseils débordant d'idées nouvelles. Ses présentations sont devenues plus vivantes. Jamais Rodolphe ne s'est senti aussi bien. Il attribue sa réussite à la jeune femme, qu'il n'hésite pas à décrire comme un génie à ses plus proches amis et collaborateurs. Maeva reste modeste, ce n'est pas elle qui découpe les vêtements, mais ses recherches offrent à Rodolphe de nouvelles sources d'inspiration sans lesquelles ses collections n'auraient pas été aussi cohérentes, aussi exaltantes.

Entre deux saisons, Rodolphe et Maeva se voient plusieurs fois par semaine. Et lors des présentations, la jeune femme se rend totalement disponible, attentive au moindre détail. Rodolphe la rétribue généreusement pour ses services. Maeva peut prédire ce que sera le succès d'une saison avant tout le monde. En réalité, elle dicte les tendances, elle est la muse des créateurs pour qui elle travaille. C'est une jeune femme petite et menue, très brune, cheveux au carré avec une frange qui lui donne un air d'adolescente, elle a une ressemblance frappante avec la créatrice de lingerie Chantal Thomas. Pour elle, tout tient à la façon de porter une tenue et ses accessoires. Concevoir une robe, une veste ou une jupe ne suffit pas. Il faut insuffler la vie aux vêtements afin qu'ils deviennent plus que de simples objets. Son œil de dessinatrice est le seul à savoir percevoir les lignes invisibles, elle s'en saisit pour composer des dessins abstraits, qu'elle traduit par des gerbes de couleur sur son carnet de croquis. Elle a déjà travaillé pour des couturiers selects et, le reste du temps, elle dessine des silhouettes d'un autre siècle, des femmes légèrement déhanchées, vêtues d'imprimés, coiffées d'aigrettes qu'un journal de mode lui achète.

Étant adolescente, Maeva vivait au pied de Montmartre dans un petit appartement qui prolongeait l'atelier de couture de sa mère. Petite fille, elle passait des heures à dessiner, à imaginer, à créer, à découper des images qu'elle collait sur d'autres et elle les transformait avec ses petites mains d'où jaillissaient des miracles d'élégance. Au contact des créations de sa mère, ses dessins d'enfant se sont affinés, puis elle a noirci des cahiers entiers, inventant des silhouettes épaulées, des tailles marquées. Elle a quitté l'école après le certificat d'études. La sûreté de son trait ayant attiré l'attention, elle s'est inscrite dans une école de modélisme et elle a pris son envol.

Elle a vécu seule avec sa mère, Madeleine, qui taillait jour et nuit ses étoffes pour leur assurer une existence confortable. Son père les a abandonnées quand elle n'était encore qu'un bébé. Elle a conservé sur sa table de chevet, le portrait de son géniteur, visage osseux, sourcils broussailleux, cheveux noirs en bataille.

Son père était un artiste qui a vécu sans gloire. De cet abandon, lui est restée la nostalgie. Maeva se remémore ses premiers pas. Elle se voit encore grimper les marches de l'escalier mythique pour son premier défilé. Beaucoup d'images lui reviennent en tête. Ce jour-là, l'unique image qui accompagnait ses pas, marche après marche, était celle de son visage et ses mille reflets dans les miroirs qui bordaient l'escalier. Un visage jeune qui traduisait une forme d'appréhension. Par chance, elle était avec sa mère. Tout était irréel pour la jeune fille, c'était un nouveau monde, une autre planète. Dès le premier jour, il était clair qu'il n'était pas question d'arriver en retard, ni à l'atelier ni à la maison.

Maeva a toujours été curieuse et travailleuse, elle avait l'œil partout, elle voulait s'en sortir, elle refusait de retourner sur les bancs de l'école. Alors, elle se débrouillait pour se rendre utile et efficace. Chaque matin, sa mission était la même : mettre tout en ordre, préparer les tissus en vue des différentes commandes, et s'assurer que tous les postes de travail soient impeccables, elle relevait le défi avec rigueur et enthousiasme. En fin de journée, elle nettoyait l'atelier, ramassait les épingles, couvrait les tissus et les créations. Et là encore, tout devait être parfait. Pas de place pour l'oubli ou l'à-peu-près. Dans un atelier, quand on est apprentie, il y a des règles à respecter, trois qualités sont essentielles : la patience, la réactivité et la disponibilité. Et ça, elle l'a très vite compris et ressenti. Elle devait aussi apprendre à communiquer avec les clients par téléphone, c'est un outil essentiel. Elle n'avait pas d'autre choix que de surmonter sa timidité et son appréhension de se tromper de numéro ou de s'adresser à la mauvaise personne. La mode, c'est comme apprendre une nouvelle langue. Tant de mots techniques si précis. Plus vite, elle aura intégré les règles, les méthodes, les gestes, plus vite elle sortira de sa condition d'apprentie.

Devenir première main qualifiée, c'est probablement le rêve de toute apprentie. Quelle joie d'être un maillon de la chaîne de création ! Le sien, assurément. Même si ça peut paraître lointain et vertigineux, Maeva avait envie de réussir, elle donnait son temps sans compter. Dans les ateliers, c'était la règle : une fois que l'on décrochait le poste digne de celui d'un chef étoilé, on voyait son prénom précédé par monsieur ou madame. C'était comme un signe de reconnaissance et de respect.

En réalité on n'arrête pas d'apprendre son métier dans ce métier. Une chose qu'elle ne saura jamais maîtriser dans la couture, c'est d'une part son imagination, sa faculté d'inventer qui sera toujours indépendante de sa volonté, qui lui fait toujours croire jusqu'au dernier moment qu'elle l'a perdue ; ça, elle le sait. Ce qu'elle ne pourra pas changer non plus, pas plus que la peur au début, c'est la tristesse, le vide à la fin – elle imagine que ça fait le même effet quand on écrit des livres, mais quand tout est fini, le dernier bouton cousu, la dernière épingle mise, on se sent orphelin. Toutes nos idées sont passées et fichues ; elles vont disparaître comme celles d'avant, comme celles d'après. Il ne restera rien de tous ces efforts, de toutes ces nuits blanches... Ça, c'est cruel. Donner le jour à des choses qui ne reviendront jamais parce que leur nature même est de disparaître. La mode est ce qui se démode...

Maeva refait surface, elle sort lentement de ses souvenirs. La magie va-t-elle opérer cet après-midi ? Dans ce sublime hôtel parisien ? Pourquoi doit-elle en douter ? Dans la salle, les journalistes et les acheteurs attendent avec impatience le début du show. La collection printemps-été 1988 est présentée plusieurs mois à l'avance pour que les acheteurs puissent passer leurs commandes.

Tandis que Rodolphe se prête au jeu des interviews, Maeva, suivie de deux couturières, se fraye un chemin entre les mannequins, elle porte un regard expert sur leur coiffure et leur maquillage, inspecte chaque tenue, tire sur l'ourlet d'une robe, remonte le col de la veste d'une autre, change les bijoux ou les chaussures.

Elle est vêtue de noir, des pieds à la tête, afin de passer inaperçue pour pouvoir effectuer son travail en toute discrétion. Elle préfère demeurer dans l'ombre où elle orchestre tout.

— Non ! Non ! s'exclame-t-elle à une couturière qui apprête un mannequin comme une poupée. Les bijoux sont trop voyants et les chaussures ne vont pas avec la tenue, il faut aussi changer la ceinture !

Elle procède rapidement aux changements sur plusieurs filles, puis traverse la pièce à vive allure jusqu'à un top model sur lequel on est en train de coudre une robe de mariée, c'est Kara. Cette tenue classique sera le clou du défilé. On aperçoit la poitrine dénudée de la jeune fille à travers le tissu, elle est ravissante.

Rodolphe n'est pas entièrement convaincu par cette audace, mais Maeva s'est montrée rassurante. On est en 1987, selon elle, le pays est prêt à voir des seins, en tout cas, sur les podiums. Elle n'est pas la seule à penser ainsi, un de ses amis, le styliste Alfred Leconte, a émis la même hypothèse, ses créations osées ont fait sensation. Voilà plus de dix ans qu'on voit des seins nus dans les magazines.

Quatre ans auparavant, son diplôme en poche, Maeva savait ce qu'elle voulait, elle était entrée chez Vogue aux États-Unis en qualité de stagiaire. De fil en aiguille, elle a grimpé les échelons et a eu plus de responsabilités.

Elle a beaucoup appris aux côtés des génies de la mode. Sa mère, Madeleine, aujourd'hui disparue, était une couturière de métier, elle était très fière de sa fille, elle la mettait sur un piédestal, elle lui a tout laissé. Perdue dans ses songes, les yeux de Maeva brûlent, elle doit se ressaisir.

Cette fin septembre est froide. Dehors, il pleut. Les gouttes s'écrasent et font briller les toits de Paris. Aujourd'hui est un jour particulier pour Maeva, car elle sait que son amie Rebecca Victoire, une grande dame de la mode, fait partie du public, elles s'appellent parfois entre deux défilés, ça fait plusieurs mois qu'elle ne l'a pas revue. Son cœur bat à tout rompre. Elle jette un coup d'œil à sa montre, impatiente que le show commence. Soudain, une mélodie légère comme une matinée de printemps s'élève. Les grands yeux chocolat de Maeva ne quittent pas les filles qui, à la queue leu leu, s'apprêtent à défiler. Le producteur du show donne un signe de tête à Rodolphe et à Maeva, qui donne le départ.

— Go !

Les rideaux s'ouvrent, les mannequins commencent à s'élancer sur le podium. Maeva a mis les filles en garde contre le sol luisant qui glisse, car elles sont juchées sur douze centimètres de talon ! Malgré ce sérieux handicap, les filles doivent avoir une démarche fluide et croiser une jambe devant l'autre le plus naturellement possible. Et si, par malheur, l'une d'entre elles venait à tomber, ce qui arrive parfois, il faut se relever sur le champ, car, quoi qu'il arrive, le spectacle doit continuer. « Go, go ! » dit Maeva à chaque fille, tout en procédant à de menus ajustements avant d'entrouvrir le rideau. Cette collection est un véritable concours de beauté : le rouge ardent côtoie le rose bonbon et le rose fuchsia ; le jaune canari, le jaune d'or et l'orange soutenu, tranchent avec des teintes sombres. Les fards pétillants illuminent les yeux et les bouches et s'accordent avec la couleur des sacs et des chaussures. Les talons hauts galbent les mollets et frappent le sol avec aplomb, les ceintures affinent les silhouettes, les bijoux ornent les oreilles, les cous et les mains ; les fragrances piquantes, suaves, épicées, ambrées ou sucrées embaument les couloirs.

Déjà, les premiers mannequins reviennent en coulisse, où on les déshabille en un tournemain avant de les rhabiller. Un peu plus à l'écart, Rodolphe de Dupré les observe, l'air aussi angoissé qu'à l'accoutumée. Le public est captivé par la scène. Les gens parlent haut et s'agitent joyeusement. La bonne humeur règne. Puis ce sont des applaudissements qui crépitent dans la salle. Le défilé est bel et bien une réussite. C'est une très belle collection, Maeva est ravie.

Le show touche à sa fin. La styliste sourit, elle recule d'un pas pour céder la place à Rodolphe, qui s'apprête à saluer l'assemblée, accompagné de la jeune Kara, sublime dans sa robe de mariée.

— Bravo, murmure-t-il à Maeva avant de disparaître derrière le rideau.

La tension de la jeune femme se relâche tandis qu'un tonnerre d'applaudissements s'élève dans la salle. Maeva adore son métier. Elle vit son rêve de gamine : contribuer à la magie de la mode. Il ne s'agit pas uniquement de dessiner des modèles, il y a aussi les petites mains qui travaillent dans l'ombre, jour et nuit, sans relâche, il ne faut pas les oublier. Pour Maeva, la Fashion Week est un pur moment de folie. Pour elle, chaque création doit être unique, pour que chaque femme puisse la porter, la posséder et se sente magnifiée.

Au cœur de la scène parisienne, Kara brille de mille feux, les gens de la mode se sont retrouvés pour festoyer dans un bar huppé où la musique tisse un nouvel éclat.

Février 1988, le printemps commence à pointer le bout de son nez, la nature verdit et les jupes raccourcissent. Rodolphe et Maeva sont à Milan une ville fascinante entre tradition et modernité, capitale italienne de la mode et du shopping. Une très belle ville avec son centre historique, piazza del Duomo, un lieu emblématique où se trouvent les monuments les plus célèbres de la ville, outre sa magnifique cathédrale, Milan offre plusieurs riches musées. La Fashion Week est très attendue par toute la cité milanaise, elle apporte des retombées économiques non négligeables. C'est un moment de chaos organisé. Le show se passe dans un gigantesque salon privé, orné de fleurs.

Pour le défilé milanais, la jeune Kara porte une sublime robe de soirée ajourée en velours rouge, ouverte jusqu'en bas du dos. Ses cheveux sont attachés en chignon avec de longues mèches sauvages. Son visage gracieux et angélique est maquillé avec soin. À l'aube de ses seize ans, la jeune fille a une soif insatiable d'apprendre et n'hésite pas à s'attaquer à n'importe quelle tâche.

Le spectacle est éblouissant, aussi beau que celui de Paris. La petite Kara fait sensation, le public est ravi. Pour célébrer l'événement milanais et présenter leurs œuvres, les créateurs ont réservé des restaurants, des salons, des lieux privés aux quatre coins de la ville.

L'AVC de Stépan

Qu'aurait été notre existence sans ce raz de marée que fut l'AVC de Stépan ? Cet accident qui bouscule une petite vie tranquille, qui fait voir le quotidien différemment.

Ce mois de mars, le ciel est blanc chargé de milliers de flocons qui tombent à profusion, comme de la fine poudre. Moscou a revêtu son beau manteau de neige vierge. Stépan est à l'atelier de la boulangerie, une délicieuse odeur de pain chaud embaume la pièce.

Nikita s'affaire au comptoir avec la petite Lola sous ses jupes. Elle reçoit ses premiers clients. Soudain, un cri strident se fait entendre, elle sursaute... Qu'est-ce que ça peut bien être !

— Lola, ma chérie, va vite voir ce qui se passe !

La fillette revient et hurle :

— Maman ! Maman ! Papa est tombé, j'ai peur, il ne bouge plus !

Nikita s'empresse de terminer un dernier client et ferme la porte du magasin. Quand elle arrive dans l'atelier, elle comprend aussitôt et appelle les urgences. Il ne faut pas tarder.

— Allô, allô, pouvez-vous envoyer une ambulance ? C'est pour mon mari. Il... Il est inconscient. Je n'arrive pas à le réveiller. Pardon, je vous entends très mal. Je... Je ne sais pas ! Il est tombé dans son atelier, il y a un peu de sang à l'arrière de la tête... Oui ! Je sens son pouls, mais il bat faiblement. Enfin, je crois ! Faites vite, s'il vous plaît ! Je vous donne mon adresse : *Пекарня хороший французский мост, Peurelok 18/9, Москоu.*

Nikita est angoissée, elle finit par raccrocher en priant pour qu'ils arrivent rapidement. Elle tâte à nouveau le poignet de Stépan. Son pouls pulse toujours sous ses doigts. Le sang ne s'écoule plus de sa tête, mais son visage est blanc comme neige. Elle prend sa main et la couvre de baisers pour lui insuffler de la chaleur, de l'amour, un peu de vie. Ses lèvres sont bleues, mais son cœur bat toujours. Nikita a cru que le sien allait s'arrêter quand elle l'a vu inerte sur le sol. Elle a tellement peur. Peur de le perdre. Peur de ne plus voir ses yeux rieurs, ses belles mains pétrir la pâte, parsemer les gâteaux de sucre ou déposer un fruit au sommet d'une religieuse, ses lèvres se rapprocher des siennes, ses bras musclés recouverts d'un nuage de farine, ses cheveux bruns s'agiter en tous sens quand il chante dans l'atelier. Mon Dieu, que s'est-il passé ?

Elle se sent responsable de... de cet accident. Car c'est un accident. Et c'est ce qu'elle va répondre si on lui pose la question. Le plus important, c'est de le sauver. Le reste, elle s'en occupera plus tard, quand il ira mieux...

Nikita sait gérer les situations de crise. Elle entend la sirène de l'ambulance se rapprocher. La même que celle qu'elle maudit toutes les nuits quand elle retentit dans le quartier en la réveillant en sursaut. À présent, la jeune femme la bénit. Elle implore le tout puissant, elle murmure : faites vite, le temps presse ! La petite Lola pleure toutes les larmes de son corps.

— Papa ! Papa ! Tiens bon, mon papa chéri.

— Lola, mon petit cœur, ils arrivent. Ça va aller, ne t'en fais pas. J'aime ton papa, tu sais. Je l'ai aimé à la minute où nos regards se sont croisés.

— Moi aussi, maman, je l'aime, mon papa.

Nikita doit placer provisoirement Lola chez sa meilleure amie, elle sait qu'elle sera en sécurité là-bas.

Trois heures plus tard, elle attend dans cet hôpital, elle essaie de sommeiller. Des images défilent dans sa tête. Des images qui n'ont rien d'inquiétant a priori, mais qui l'angoissent, sans qu'elle en comprenne la cause. Depuis qu'ils sont mariés, il a toujours été un homme exemplaire, parfait. Celui que l'on rêve d'épouser. Un homme convenable, sensé, aimable et bien élevé, soucieux des conventions. Stépan est un beau brun aux yeux bleus, au sourire charmant, discret et gracieux. Nikita est fatiguée, ce maudit sommeil ne l'emporte pas, sa tête fourmille de mille questions. Elle pense à tout ce boulot qui l'attend, le ménage, la boulangerie, elle se sent énervée, sous tension, comme si elle avait bu des litres de café. Elle peut même entendre son cœur battre très fort. Elle pense à Lola, qui a du mal à s'endormir. Cette petite est vraiment différente de sa demi-sœur Kara. Elle est peureuse, timide, patiente, obéissante et disciplinée.

Dimitri est devenu un adolescent courtois, sérieux, poli et très réservé, il poursuit une brillante carrière d'avocat à Paris, quant à Kara, c'est tout l'opposé de son frère et de sa demi-sœur. Depuis qu'elle est devenue Top model, c'est un vrai feu follet, une grande rêveuse, toujours partie par monts et par vaux, elle ne tient pas en place. Elle réagit à l'instinct, sans se soucier des conséquences. Elle se sent libre. Trop libre. Et la liberté n'est pas envisageable ici. Pas dans ce monde. Pas à Moscou. Trop de liberté, c'est l'anarchie ! Alors, quand elle lui parle de liberté, elle lui répond bien souvent :

— Mais tais-toi donc Nikita ! Je crois entendre mon grand-père. Paix à son âme !

J'aime observer Lola en douce, quand elle joue avec ses copines, quand elle fait tourner Kara en bourrique ou quand elle me regarde avec ses grands yeux émerveillés qui lui dévorent le visage, elle aime quand je lui raconte des histoires. Cette petite pose souvent un tas de questions a priori naïves, drôles et puériles, qui nous font éclater de rire. À dix ans, Lola a souvent des réflexions d'adulte. Un jour, elle a dit à sa sœur qu'elle croyait au prince charmant et à l'amour avec un grand A. Kara a souri, elle s'est penchée vers elle et lui a répondu à voix basse : tu as raison, Lola, quand on aime, il faut toujours croire en soi et se faire confiance. N'écoute pas les autres, fais ce que tu as envie de faire. Quand tu rencontreras un gentil garçon qui te plaira vraiment, écoute seulement ton cœur, pas ta tête. Si tu sens comme un feu d'artifice, alors fonce et ne te pose aucune question. C'est le seul moyen de trouver le bonheur.

Nikita s'est toujours demandé pourquoi Kara lui avait dit ça et surtout, pourquoi avait-elle ce regard si désabusé !

Les blouses blanches vont et viennent. De temps en temps, la porte du bloc opératoire s'ouvre et une bouffée de lumière s'en échappe. Un médecin aux sourcils broussailleux arrive d'un pas pressé, il a l'air sévère et pénètre dans la salle d'opération à grandes enjambées. « Je suis le Docteur Matroiski et je vais vous endormir », dit-il en s'approchant de Stépan. Il n'a pas le temps de dire une prière, pas le temps de compter jusqu'à trois... Il entend des bruits sourds, des murmures, des chuchotements, il y a des gens autour de son lit. Puis, quelqu'un l'appelle par son prénom d'une voix forte.

— Piqûre... C'est votre antibiotique, dit une voix de femme... Je vous mets de la morphine à présent.

Stépan est sous perfusion, il a des hématomes. Il repose maintenant dans un petit lit blanc.

Le médecin arrive enfin accompagné d'une infirmière qui apporte un tampon imprégné de glycérine et de citron pour lui rafraîchir la bouche. Il est toujours dans un semi-coma, des flacons et des tubes sont suspendus de chaque côté de son lit, un appareil contrôle les battements de son cœur. Le tracé de l'électrocardiogramme s'élève et s'abaisse d'un mouvement saccadé.

Nikita commence à s'impatienter. Mais quelle heure est-il ? Elle n'arrive pas à voir la pendule. Elle a les yeux embués, elle somnole, elle ne voit plus rien, juste une lueur claire qui s'intensifie, de plus en plus. Une lueur qui l'éblouit et l'attire en même temps. Elle est épuisée, elle attend depuis une éternité sur une chaise, les yeux rougis par les larmes. Perdue dans ses pensées, elle se remémore leur rencontre, se dit que Stépan a bien fait de s'inviter dans son existence, que l'amour est la plus belle chose qui lui soit arrivée. Il suffit d'un mot, d'un rien, d'un regard, d'un sourire, d'un parfum pour que le cœur batte plus fort et qu'un séisme ébranle tout votre corps.

Un médecin arrive enfin, il se présente :

— Bonsoir, madame Bredjasky, Docteur Pérski, votre mari a été victime d'un accident vasculaire cérébral. Il a eu beaucoup de chance. Il est toujours dans un semi-coma. Rentrez chez vous, chère madame, vous ne tenez plus debout, il faut vous reposer, ce n'est pas le moment de tomber malade. Ne vous en faites pas, le plus gros est derrière lui, il est passé par une belle porte, il va s'en sortir, il devra se ménager et tout ira bien. Nikita pleure à chaudes larmes. Elle n'arrive plus à se contrôler, c'est beaucoup trop de stress pour elle. Le médecin la console et la réconforte. Elle le remercie et quitte l'hôpital le cœur serré.

Le lendemain, Stépan a repris ses esprits. Nikita est à son chevet quand on frappe à la porte. Un soignant en blouse blanche entre, suivi par deux infirmières.

— Monsieur, vous êtes réveillé ! À la bonne heure, lance-t-il ! L'homme aux iris gris cerclés d'écaille regarde Nikita et se présente :

— Bonjour, madame. Je suis le docteur Zorski. C'est moi qui ai opéré votre mari. Le scanner a révélé un hématome extradural que nous avons dû ponctionner. Votre mari a fait un AVC. Ne vous inquiétez pas, tout s'est très bien passé. Il est resté dans le coma. Ce qui n'est pas rare dans ce genre de cas. Vous vous trouvez actuellement dans une unité spécialisée pour les lésions crâniennes. Votre mari est sauvé.

— Et maintenant ? Que vais-je faire ? Que vais-je devenir ? Balbutie Stépan ! Combien de temps, vais-je rester dans cet état ? Toute ma vie, ou toute ma mort...

— Nikita fond en larmes : Stépan, je t'aime tellement, j'ai eu si peur, je suis perdue sans toi.

— Courage, monsieur, courage, madame, reprend le médecin. Soyez patients. Monsieur Bredjasky, votre état est stationnaire, vous aurez de la rééducation, soyez confiant, tout ira bien, c'est une question de temps...

C'est un rituel pour la jeune femme, visites à l'hôpital, s'occuper de Lola, de Dimitri, de Kara et faire tourner la boulangerie. Elle a trouvé un remplaçant pour son mari, un jeune Bulgare Hugo, un gaillard courageux de vingt et un ans qui rêve de devenir pâtissier. Il a fait ses preuves et tout s'est passé à merveille.

Quelques jours plus tard, Stépan, toujours sous perfusion, essaie de bouger une à une toutes les parties de son corps. Il perçoit encore des douleurs. Toutefois, chaque membre remue au gré de ses commandes. Il a une étrange sensation. Une démangeaison. Un picotement sur la main. Agacé, il essaie de la remuer. Ses doigts se contractent et se replient. Sa main droite bouge, il se concentre sur la main gauche, il arrive à la soulever et à la placer sur la droite. Il y a quelque chose sur son poignet. Un objet à la forme bizarre qu'il ne reconnait pas, qui l'intrigue et lui colle à la peau. Il ouvre les yeux. Difficile, mais réalisable, après plusieurs clignements. La chambre est peinte en vert clair, dans un lit aux draps blancs, une fenêtre sur sa gauche, lui laisse entrevoir la cime d'arbres ternes et dénudés. Il fait gris dehors. À l'intérieur de lui aussi, il fait gris.

Stépan rêve souvent de sa famille, de son frère Stanislas. En général, ce sont des rêves heureux. Au lieu de les perdre, il les retrouve. Il a du mal à reprendre ses esprits et se demande ce qu'il fait là. Ses mains remontent lentement jusqu'à son visage, en caressent le contour, ressentent le velouté de sa peau, la forme de son nez, de ses lèvres. Il a mal du côté gauche et a l'impression d'avoir la bouche de travers. Il a des pansements sur la tête... Il ne sait pas si ce sont ses mains qui lui donnent ces informations, mais il a l'impression de connaître son visage. Il sait à quoi il ressemble.

Est-ce sa mémoire qui revient ? Il aimerait se relever, s'asseoir, ouvrir la porte sur la droite derrière laquelle il devine un cabinet de toilette. Il aimerait se regarder dans le miroir. Il sait que, dans son reflet, il trouvera les réponses à ses questions. Mais son corps est trop lourd, il ne bouge que de quelques centimètres. Il se sent impuissant, prisonnier d'une angoisse qui le submerge de plus en plus. Il essaie de se concentrer pour trouver des indices. Il ferme les yeux, chemine dans son esprit pour essayer d'en extraire des bribes. Il se souvient de la boulangerie, alors qu'il pétrissait la pâte à pain, il frissonne, se rappelant avoir eu des palpitations, un mélange de chaleur et de fraîcheur, avoir vacillé, puis être tombé sur le carrelage dur et glacé. Il est un peu rassuré. Couvert de sueur, il ferme les paupières, exténué, comme après un marathon dans le désert.

Trois semaines interminables. Il peut enfin sortir. Le bout du tunnel ! Quel soulagement ! Il revient à la maison, plus heureux que jamais. Kara et Dimitri sont présents. Quelle joie, quelle délivrance, c'est la fin du cauchemar. Les enfants pleurent de joie, ils l'assaillent de questions ; ils ont besoin d'être tranquillisés sur son état. Il raconte tant bien que mal l'épisode de l'accident :

— J'étais occupé à pétrir la pâte quand, soudain, une musique étrange, sans mélodie, a envahi ma tête. Une musique brouillonne et lointaine, et pourtant très présente et audible. Je me sentais affaibli, j'avais les jambes en coton, j'ai ressenti quelque chose de chaud, de feutré, puis de froid, quelque chose d'indescriptible.

J'avais la chair de poule, je frissonnais. Cette chose me faisait très peur. Je n'arrivais plus à malaxer la pâte. Je me rappelle ensuite d'un brouillard, un flou inexplicable, puis je suis tombé et j'ai perdu connaissance.

Stépan a beaucoup maigri, il ne peut pas reprendre le travail de suite, il lui faut des soins et de la rééducation, il a des difficultés à marcher, mais il s'en tire bien. Sa joue gauche lui fait mal, il a l'impression qu'elle est déformée. Chaque matin, il se réveille en état de torpeur. Il boit et fume plus qu'à l'accoutumée, il dort très mal. Non seulement parce qu'il se couche très tard, mais Nikita le réveille en plein milieu de la nuit en hurlant. Droite comme un I dans le lit, elle revit la scène racontée par Lola. Il lui conseille de se rendormir et il se lève. Il a besoin de solitude et a envie de reprendre son travail de boulanger. Il sort se promener avec des béquilles. Il longe lentement le trottoir dans la clarté de l'aube naissante. Il tourne à droite, à gauche, laisse ses pas le guider, le hasard décider. Il ne croise personne.

Quand sa tête tourne, il revient sur ses pas et regagne son lit douillet où l'attend Nikita. Il doit s'armer de courage et être fort pour y arriver. Son état est stationnaire, il lui faut du temps, beaucoup de temps. Leur amour est plus fort que tout, Nikita veut passer ce cap avec la force qui les unit, elle sait que la route sera longue, elle sait aussi qu'au bout de cette route, le soleil brillera à nouveau.

Le réveil sonne pour la troisième fois, comme à chaque coucher de lune, Nikita peine à se lever. Elle s'est à nouveau battue toute la nuit contre insomnie et cauchemar. Stépan dort, il doit se reposer. Elle se glisse hors du lit sans faire de bruit. Elle enfile son peignoir en polaire, se dirige vers la salle de bain et observe au loin les dernières lumières scintiller sur la ville. Ses journées de travail sont bien remplies. Elle doit être présentable et ponctuelle, elle ouvre chaque matin la boulangerie à sept heures, il faut absolument que tout soit prêt. Un défi qu'elle relève au quotidien.

Son commis, Hugo, est un jeune garçon très courageux, issu d'une famille bulgare et modeste, il ne compte pas ses heures. Il doit déjà être au travail. Nikita se prépare et réveille doucement la petite Lola.

L'amour que vous témoigne la famille est primordial, cet amour qui vous fait tenir debout tout au long de votre existence et qui vous donne une raison d'être.

La Fashion Week de New York

Octobre 1988
La Fashion Week de New York est le clou du spectacle, l'apogée du créateur dans un décor de rêve qui donne sur la statue de la Liberté. Ce soir-là, dans la somptueuse limousine qui les accompagne au sud de Manhattan, Maeva et Rodolphe bavardent au sujet du dernier défilé qui clôturera l'événement.

Maeva a travaillé d'arrache-pied pour que cette collection soit un vif succès. La salle est pleine à craquer, l'effervescence est à son comble, l'ambiance euphorique. Rebecca Victoire est présente, elle ne manque pas un seul défilé aux États-Unis. Rodolphe a créé une collection magique, extraordinaire, ce qui n'a pas empêché Maeva d'apposer son veto à certaines de ses idées et de lui en suggérer d'autres. Rodolphe lui pardonne toujours son intransigeance et ses propositions parfois saugrenues. Après tout il la paie pour ça, et, jusque-là, ses conseils se sont révélés on ne peut plus pertinents.

Maeva sait que le show de New York fera un carton, Rodolphe est doté d'un immense talent. La veille du défilé de clôture, la jeune styliste est restée sur place jusqu'à trois heures du matin pour parfaire l'organisation du show.

Tout semble parfaitement sous contrôle. Avant le coup d'envoi, comme à l'accoutumée, elle inspecte les mannequins et leur montre comment procéder. Elle hèle des couturières, court dans tous les sens pour voler au secours des uns et des autres.

— Tiens bon, Rodolphe ! Lui, dit-elle. C'est ton dernier show pour cette saison. Tu vas casser la baraque, crois-moi ! À tout à l'heure ! Mets-leur des étoiles plein les yeux !

Le show commence, il est spectaculaire. Pour sa dernière représentation, Kara porte une longue robe blanche moulante, légère, aérienne et immaculée, ornée de fines broderies d'argent qui scintillent. Cette tenue met en valeur son corps magnifique, tandis que ses cheveux dorés tombent en cascade. Le spectacle brille de mille feux, une musique latine retentit, le public est conquis. Sous une pluie d'applaudissements, la Fashion Week new-yorkaise d'octobre ferme son rideau et le champagne coule à flots.

Sonia Ranès, est la plus influente des journalistes de mode de New York, elle a remarqué la prestance et la beauté de Kara. Sous son influence, la jeune fille fait la une des journaux de mode. Son rêve de gamine est invraisemblable.

Maeva et Rodolphe félicitent les filles. Elles ont des congés bien mérités avant un grand show privé qui doit se tenir début décembre à Paris.

L'enlèvement

Il fait un froid de matin de décembre, bien que la lumière pourpre évoque un crépuscule d'automne. Dans les rues de New York, Kara veut garder l'anonymat, elle baisse la tête et rabat sa capuche devant ses yeux. Elle sent une présence. Ce n'est pas la première fois. Elle entend des pas pesants derrière elle et se retourne, elle aperçoit une silhouette masculine sombre qui approche. Son cœur s'emballe et son sang ne fait qu'un tour. Elle presse le pas, se tapisse dans l'ombre d'un drugstore et attend que l'homme la dépasse. Il tourne au coin de la rue, Kara remarque une autre fille brune qui presse le pas devant lui.

Elle sait pertinemment que c'est un malade, ce n'est pas la première fois qu'il la suit. La jeune fille aux cheveux noirs brûle le pavé. Kara panique, sort de l'ombre et court à perdre haleine jusqu'à son appartement situé au milieu de la rue principale de Wall Street, où elle séjourne avec Jess et Marion, deux autres mannequins. Les filles l'attendent avec une succulente pizza à la viande de bœuf hachée.

Le lendemain matin, Kara se réveille tôt et enfile un jogging avant de se rendre au Battery Park, un parc de dix hectares, situé au sud de Manhattan, dans le quartier financier.

Plus détendue, elle retrouve l'appartement douillet et les filles une heure plus tard. Une douche salvatrice la requinque. Marion sirote un chocolat chaud et Jess lit la presse. Une annonce parue dans les faits divers du New York Times a attiré l'attention de la jeune femme. Elle relate l'agression d'une adolescente de seize ans aux cheveux noirs.

— Mais je l'ai vu hier soir, s'écrie Kara, j'ai vu le type, je sais à quoi il ressemble, c'est un malade, il me suit parfois.

— Il faut le signaler à la police, s'enquit Jess !

— Tu as raison, poursuit Marion, on ira faire une déposition pour harcèlement.

— OK, les filles, je suis partante, fait Kara, la peur au ventre, nous irons demain...

Ce soir, Kara, Marion et Jess sont invitées à New York dans un bar sélect pour les événementiels près de Manhattan. Elles s'amusent et boivent pour fêter l'immense succès de la Fashion Week. Rodolphe Dupré, Maeva Dubois, Rebecca Victoire, Sonia, la journaliste et bien d'autres personnalités sont présentes et discutent de la prochaine collection. Pas le temps de souffler dans l'industrie de la mode qui ne tolère aucun temps mort. Les saisons s'enchaînent à un rythme effréné. Il faut être inspiré, créatif, trouver de nouvelles idées, de nouveaux concepts, de nouvelles matières.

Maeva est partie prenante dans ce processus. Elle s'intéresse beaucoup aux trouvailles de ses clients. La plupart des créateurs la considèrent comme leur muse. Célibataire endurcie, perfectionniste et voyageuse hors pair, Maeva est heureuse de travailler avec des gens différents qui ont tous leur propre griffe. Kara salue et félicite Rodolphe et toute sa troupe, puis elle quitte le bar avec ses deux amies Marion et Jess.

Ce sont des jeunes filles de bonne famille, deux Américaines qui parlent très bien le français, le bonheur insensé de l'adolescence, des amies fondues les unes dans les autres, dans un lieu que leurs mères auraient eu du mal à imaginer, un endroit de New York pour voyous, pour petits délinquants, pour communistes que Jess connaît. On leur a tamponné la main en échange de quelques dollars sans s'inquiéter de leur âge, de toute façon, Jess fait plus que son âge. Dans cet endroit, on peut se défoncer à l'alcool, aux joints, aux pastilles diverses et à la musique. Si tout se passe bien, on peut aussi y perdre sa virginité. Même sous la torture, les trois jeunes filles n'ont jamais reconnu la stratégie qu'elles ont mise en œuvre pour y participer. Jess a dégoté six grammes de poudre et Marion a apporté le papier à rouler. Elles ont fumé de l'herbe, au moins une fois, et toutes deux à différents degrés ont été malades.

Ce soir-là, l'idée est de se rouler un vrai joint et de boire suffisamment d'alcool. Ensuite, advienne que pourra. Il fait frais et il n'y a pas trop de vent. Elles s'installent à l'extérieur de la boîte de nuit dans l'herbe, Marion prépare le mélange en suivant les instructions de Jess, qui tient le briquet. Kara boit une téquila et se sent heureuse. Marion lui passe le joint. Pour Kara, c'est la première fois, elle inspire très lentement pour ne pas tousser. Ce joint, le premier de sa vie, lui fait un effet très bizarre et très agréable. Elle est gaie comme un pinson, euphorique, hilare. Elles rient toutes les trois, elles sont déchaînées.

— Kara se lève d'un bond, les filles, je suis obligée de vous laisser quelques instants, j'ai un petit besoin urgent !

Elle a des vertiges, des nausées, la tête qui tourne, elle se dirige vers les buissons. Elle a toujours été pudique, elle n'arrive pas à aller aux toilettes si quelqu'un la regarde. Elle s'éloigne de quelques mètres et s'enfonce entre les arbres. Il fait nuit noire, elle n'est pas effrayée, elle se soulage, se relève et voit un homme, il ne lui fait pas peur, il a les cheveux blancs, il porte une chemise claire. Son visage est solide, il a l'air sérieux. Ses yeux dégagent une douceur particulière. Il la regarde un instant et porte une cigarette à ses lèvres. Il l'allume. Rien d'autre. Quelqu'un attrape Kara par-derrière. Elle se retourne et reconnait l'homme de la rue. Son sang ne fait qu'un tour, mais elle n'a pas le temps de pousser un cri, il lui applique un linge sur le nez et sur la bouche. Odeur douceâtre et pénétrante, puissante. Puis, rien d'autre que de l'obscurité totale, un vide complet...

Kara se réveille quelques heures plus tard, elle se remémore la scène, quelqu'un la suivait, elle le sentait. La peur lui vrillait l'estomac. Un bref coup d'œil lui a permis d'apercevoir l'homme, il avait un goût amer dans la bouche. Elle se rappelle la douleur sur la tête, puis elle s'est écroulée.

Il fait nuit ! Impossible d'ouvrir les yeux, mais où se trouve-t-elle ? Elle a un adhésif sur la bouche, un masque sur les paupières. Elle a les poignets et les chevilles liés. Elle est dans un espace réduit. Elle sent dans sa bouche un goût acide mêlé à la saveur métallique du sang.

— Où suis-je, pense-t-elle ? Mais oui, c'est ça, je suis dans le coffre d'une voiture. J'entends les vibrations du moteur.

Tout est blanc comme la neige. Triste. Froid. Je suis frigorifiée. J'ai mal. À la tête, aux jambes. Dans le cœur. J'ai peur. Je ne sais pas pourquoi. D'ailleurs, ce n'est pas vraiment de la peur. C'est autre chose. Du vide. Voilà, c'est ça, je suis creuse comme un puits sans fond. Abandonnée de l'intérieur. Je sais que je suis en vie, mais je ne sens pas la vie. Pourquoi cette sensation m'envahit-elle ? Pourquoi un tel vertige ? Ça me donne la nausée. J'essaie de me raccrocher à quelque chose. De me retenir aux branches. De ne pas tomber dans ce vide qui m'aspire. Inexorablement. Je coule. J'essaie de donner un coup de pied pour me faire remonter à la surface. Mais je ne bouge pas. Pas d'un centimètre. Mes pieds ne répondent pas. Mes mains non plus. Rien. Rien ne réagit. À part mes paupières sous ce masque. J'arrive à peine à les soulever. Mais ça me demande un tel effort que je n'ai qu'une envie, les refermer pour m'endormir, oublier, et tenter d'échapper à ce gouffre noir et effrayant. De rêver. De me raccrocher à des bulles de bonheur, de souvenirs réconfortants. Je cherche. Je creuse. En vain. Et je me retrouve toujours au fond de ce puits. Seule. Dans la pénombre. Je n'ai aucun souvenir.

Je suis... Je ne sais pas qui je suis. Une petite fille. Une jeune fille peut-être. Je crois. Je voudrais crier, hurler, pleurer comme un enfant. Mais j'en suis incapable. Je suis glacée, mes mâchoires se contractent pour empêcher mes dents de claquer. Quelqu'un a bandé mes yeux. Rien ne bouge. Je suis enfermée dans mon corps. Et mon corps est vide. Peut-être suis-je morte ? Peut-être est-ce ça la mort, finalement ? Il y a un bruit. Je le reconnais. Je l'entends au milieu de cris, de phrases que je ne comprends pas. Je suis allongée en fœtus. On me sort du coffre, attachée, les yeux bandés, on me pousse, vite. Je ne comprends rien. Quelqu'un me porte dans ses bras, on me fait une piqûre et je m'évanouis.

Je me réveille nauséeuse. J'entends une sirène de bateau, le clapotis des vagues. Je suis dans un immense trou noir. J'essaie de réfléchir, de donner un sens à la situation, mais je n'y arrive pas. Je saisis uniquement les nuances de ma propre terreur. J'ai des crampes aux bras qui sont attachés avec du gros ruban adhésif. Ils ont enlevé mon bandeau, je peux voir, je suis attachée et allongée sur un sol en bois rugueux. Je suis dans une cale de bateau, je vais mourir. J'en suis certaine. Qui sont-ils ? Que veulent-ils ? Où m'amènent-ils ? Où est Marion ? Où est Jess ? J'entends un nouveau bruit. Une plainte, une voix féminine ! Le son semble provenir de l'intérieur du bateau. La peur se mue alors en terreur. Je suis fébrile, les jambes flageolantes.

J'entends soudain un bruit de pas, je vois une ombre sous la porte. Elle s'ouvre, laissant apparaître un homme d'une belle corpulence avec une grosse tête et des cheveux blancs. C'est lui qui m'a kidnappée, je l'ai vu dans le parc du dancing. Sa main se pose sur mon épaule. Je sursaute en poussant un cri et je me retourne, les yeux écarquillés par la peur. Il fait tout à coup plus sombre. Je regarde autour de moi sans comprendre. L'inquiétude se lit dans mes yeux bleus... Il aperçoit alors des larmes qui coulent sur mes joues. Je suis à bout de forces.

— Ah, c'est bien, tu as repris connaissance. Comment te sens-tu ? Je vais enlever tes liens et tu pourras marcher. Je ne réponds pas. L'homme me libère les bras et les pieds, c'est un soulagement. Il me donne une petite bouteille d'eau et il s'en va sans mot dire, il ferme la porte à clé.

Soulagée de pouvoir marcher, en arrivant devant la porte, j'aperçois un miroir, juste à côté, je suis stupéfiée par l'image qu'il me renvoie. Celui d'une adolescente en petite tenue dont la panique se lit dans son regard, sa peau blanche et ses cheveux blonds font ressortir ses yeux bleus en amande. Une peur qui accentue l'impression de fragilité en raison de ma faible corpulence. Je secoue la tête pour me ressaisir et, après un rapide coup d'œil, j'essaie tant bien que mal d'actionner la poignée. Elle est bien fermée à clé. Je dois absolument ouvrir cette porte. Je la pousse de toutes mes forces, je me jette contre elle, je pleure, je supplie. Je la griffe avec rage, mes ongles sont en sang. La porte résiste. Je suis en nage et à bout de souffle. J'étouffe littéralement. Épuisée par mes efforts. Une douleur fulgurante me transperce la tête. Tous mes sens sont en alerte. Il y a une odeur particulière dans l'air, mais je n'arrive pas à l'identifier. Il y a un petit lit dans cette cale, les draps sont rugueux. Mon oreiller n'est pas souple. Le matelas est trop dur. J'ai toujours le goût du sang dans la bouche. J'avale un peu de salive et mes oreilles semblent se déboucher d'un seul coup. Je cherche à me souvenir. Je cherche de toutes mes forces, ce qui décuple mon mal de tête. Je suis prise au piège, le soulagement laisse place à un profond sentiment d'impuissance. J'ai les yeux embués de larmes. Je passe la langue sur mes lèvres gercées. J'ai soif. J'ouvre la bouteille d'eau et je la déguste à petites gorgées, puis je me couche sur le vieux matelas. Plus tard, l'homme revient avec un plateau-repas. J'ouvre la bouche pour lui répondre... Aucun son ne sort. Je devrais lui dire que ça va plutôt mal et que j'ai une migraine atroce, lui demander où je suis, et ce que je fais là, dans cette pièce, sur ce bateau. Je dois le faire, je dois lui parler, mais je n'y arrive pas. J'essaie à nouveau. Je me concentre, j'ouvre la bouche, je force sur mon souffle, j'arrondis mes lèvres, je déforme mon visage, comme si ça pouvait l'aider. Mais rien ne sort.

— Eh là, ne va pas te faire mal, me conseille l'homme. Prends ton temps, tu es en état de choc. Ne t'inquiète pas, ça va aller, d'accord ?

Je le regarde avec une tonne de questions dans les yeux et je sens une larme rouler sur ma joue.

— Ne pleure pas petite... Tout ira bien. On se calme, on respire profondément et on sourit. Tu peux le faire, ça, vu toutes les horribles grimaces dont tu es capable, hein ? plaisante-t-il.

J'esquisse un semblant de sourire. L'homme est costaud, il doit avoir une bonne cinquantaine d'années.

— Je t'ai amené à manger, petite, il faut reprendre des forces !

Après de vains efforts, je balbutie :

— Mais qui êtes-vous ?

— Je vais m'occuper de toi, tu dois m'obéir.

— Mais où suis-je ?

— Ne pose pas de questions, tu le sauras bien assez tôt, il faut que tu manges, que tu boives et que tu te reposes, il faut que tu reprennes des forces, je ne peux t'en dire plus.

La porte se referme derrière lui, la clé tourne deux fois dans la serrure, un cliquetis de pas, puis plus un bruit, plus rien. Je me morfonds, mais que veut-il ? Est-ce qu'il va me violer ? Est-ce qu'il va pire encore, me tuer ? Plus probablement, me faire subir les pires sévices et souffrances ? Mon avenir est noir, je ne reverrai plus ma famille, mes amis, je vais disparaître, c'est sûr, je vais mourir.

Mon repas, c'est un bout de pain bis et un chili con carne, une sorte de ragoût de viande avec de gros haricots rouges.

L'odeur incite à la dégustation. Je bois très lentement, puis je me jette sur mon plat en savourant jusqu'à la dernière miette, j'ai une faim de loup.

« *C'est une expérience éternelle que tout homme qui a du pouvoir est porté à en abuser.* »
Montesquieu

Le show privé

Fin novembre 1988
Un mois vient de s'écouler depuis la Fashion Week de New York. Rodolphe et Maeva s'affairent à leur prochaine collection. Ce soir Maeva doit faire quelques essayages sur le top model Kara. Un show privé sur la dernière collection pour des célébrités est prévu fin novembre à Paris. Il faut que tout soit en ordre comme à l'accoutumée. Il faut se dépêcher avant le jour J. C'est le foutoir, rien n'est prêt, il leur reste encore quelques jours pour que tout soit parfait. Maeva décide d'appeler les jeunes filles Kara, Marion et Jess, qui ne se sont toujours pas manifestées.

À chaque fois, c'est le répondeur, elle leur laisse plusieurs messages et n'obtient aucune réponse. Ça devient inquiétant, troublant, elle ne sait plus sur quel pied danser, elle a une conversation avec Rodolphe qui lui suggère d'appeler les parents des jeunes filles. De ce côté-là, idem, c'est aussi le calme plat, les familles sont inquiètes, elles décident d'un accord commun de prévenir la police américaine et russe.

De leur côté, Maeva et Rodolphe sont allés à l'appartement des filles. Dans les pièces plusieurs affaires traînaient, des tiroirs étaient ouverts, la table était encombrée, l'évier était encore rempli de vaisselle sale, le poste radio grésillait, le frigo était plein, les lits étaient défaits, ils ont trouvé tout ça étrange.

Dans les loges, les filles sont encore en petite culotte, les yeux fardés, dans le vrombissement des sèche-cheveux. Maeva vérifie les moindres détails, les boutonnières, les cols, les foulards, les chapeaux, les chaussures. Les couturières sont là. On sort le mètre ruban. On mesure la taille des jupes ou des robes, si elles sont trop justes ou trop larges. On les reprend et on mesure en même temps les mensurations du mannequin : tour de taille, tour de cuisse, tour du cou et espace entre les seins. Tout est d'équerre. Faire, défaire, refaire, améliorer, entre couturiers et modèles, c'est une danse furieuse qui a lieu dans le silence, puis chacun ajoute sa touche à la tenue.

Le jour du défilé approche, il reste un peu plus de quarante-huit heures, il faut repasser les vestes, les jupes, les robes et les manteaux afin qu'ils soient prêts à défiler. Dans cette fourmilière, les mannequins colorent leurs bouches lentement, sans ciller face au miroir. Rodolphe est nerveux, perdu dans ses pensées, il doit remplacer la jolie Kara, qui avait le rôle de la mariée, le clou du spectacle. Il en perd la voix et son calme.

Il marche de long en large, suivi par des assistants fébriles. Il se rappelle du jour où il a rencontré Maeva, il n'a jamais oublié sa question. Elle avait soif d'apprendre et elle lui a demandé : *Qu'est-ce qui déclenche un vêtement ?* Il lui a répondu sur un ton d'évidence : « *Un geste* ». Toutes mes créations viennent d'un geste. Un vêtement qui ne reflète ni n'évoque un geste particulier n'est pas bon. Une fois qu'on a trouvé ce geste en question, après, on peut choisir la couleur, la forme définitive, les tissus, pas avant.

Rodolphe se ressaisit, c'est l'heure du show privé. Le spectacle promet d'être grandiose. À l'extérieur, le public est déjà là, on entend le brouhaha et les talons claquer de ces dames. La salle se remplit. Une horde sauvage d'élégants. Tout le monde veut être devant. Les hommes ruissellent dignement dans leurs costumes resplendissants. Les spectateurs privilégiés qui ont réussi à atteindre leur place au premier rang sortent de leur sac ou de leurs poches des éventails qui brassent l'air surchauffé. Ils veulent vérifier si les modèles sont aussi audacieux qu'on le dit, aussi modernes qu'il le faut.

Maeva a bien compris ce que veut Rodolphe avec son fuselage. Pour clôturer le spectacle, il veut une robe de mariée en mouvement, comme un coup de vent, quelque chose d'original, de féérique et de léger.

Ils gigotent, ils s'impatientent. Clientes, acheteurs français, américains, anglais, japonais, russes, reporters, magazines, quotidiens, revues spécialisées, les agences avec leurs photographes, les radios et la télévision. Des gardiens en tenue de part et d'autre font entrer les protagonistes. Ils prennent place les uns après les autres sous une immense coupole de verre. Ils ont hâte de voir cette nouvelle collection, hâte d'être épatés, emportés, fascinés, ils sont tous venus admirer, critiquer ou comparer en fine bouche toute la perfection bâtie dans l'atelier. À ce jour, dans la haute couture, personne n'est conquis à l'avance, les modèles se démodent à peine créés, les journalistes n'en ont plus que pour les jeunes créateurs. Quant aux clientes, il faut leur en mettre plein la vue, sortir du lot. Même les plus fortunées deviennent exigeantes. D'une année à l'autre, Rodolphe le sait, les jeunes filles peuvent être, ou se vouloir adolescentes, mûres, tristes, retenues, tragiques, comme elles peuvent se vouloir gaies, farceuses, équivoques. Et si elles voulaient être finalement ce qu'il veut qu'elles soient, c'est qu'elles savent aussi que, sous ces trouvailles et cette nouveauté, il y a cette force d'airain, péremptoire et indispensable, ce talent intrinsèque, ce bon goût, cette imagination, cette sûreté, cette élégance, bref, ce jeune homme brun qui ne se lancera dans ses imaginaires et ses extravagances qu'avec l'accord et la technique de son métier.

Maintenant, les filles sont prêtes, alignées dans la coulisse, dans le bon ordre. La plus renversante est une métisse de toute beauté, qui remplace Kara. Puis trois blondes longues et fines, qui ne passent pas inaperçues, arrivent à leur tour. En quatrième, une grande brune étonnante, piquante, qui respire le sud de la France, fait son entrée. Puis une statue chinoise vivante apparait : les yeux bridés, les cheveux lisses et brillants coupés au carré. Elle connaît le boulot, elle a de la trempe, c'est une professionnelle. Les filles sont jeunes et fraîches comme des boutons de rose, avec leurs manteaux de laine et leurs pantalons d'hiver, leurs robes à carreaux, leurs jupes courtes, leurs escarpins et leurs bottes vernies.

L'habilleuse en chef, réajuste un col, resserre une ceinture, remets une boucle d'oreille. Les spectateurs aiment, ça se voit et ça se sent. Modèle après modèle, ils notent. Doucement, la salle épouse la collection. Les filles ont pris confiance, maintenant elles survolent le podium, plus rien ne peut arrêter la danse gracieuse de leurs pieds, elles s'avancent sous la verrière et virevoltent, les plis délicats des robes longues recouvrent le tapis rouge. La danse lente des tissus vaporeux, des cuirs lumineux, des flous romantiques, des fleuris, des carreaux, des scintillants, de la soie lisse et vivante, de l'alpaga mousseux, se déploie. Les créatures sont souriantes, sublimes, invincibles, arrachées au temps, elles vont et viennent infiniment sur le podium, un monde de rêve sorti des mains des créateurs. Puis arrive la mariée, la métisse éblouissante dans une robe en plumes de cygne rose poudré, elle illumine par sa grâce et sa beauté. La belle métisse a fini son tour, tout le monde se lève, exulte et applaudit. Les yeux sont dilatés de plaisir anticipé et de gaieté folle. Que demander de plus d'un prêt-à-porter ?

Le spectacle est très réussi. Maeva et Rodolphe, précédés par tous les mannequins, avancent sur le podium et saluent la foule. C'est une ovation, les mains claquent, les compliments fusent. Le temps du défilé, le couturier, la styliste, les mannequins et toute l'équipe sont Paris et la beauté, ils sont à l'origine d'un monde parfait.

Kara, Jess et Marion ne se sont pas présentées pour le show privé parisien. Inquiet, Rodolphe de Dupré a contacté les parents des jeunes filles qui sont bouleversés, il a prévenu les forces de l'ordre de la brigade parisienne du proxénétisme, spécialisée dans les enquêtes d'enlèvements d'enfants ou de prostitution des mineurs. Une investigation pour disparition inquiétante est ouverte.

Quand ils apprennent la nouvelle, Nikita, Stépan Dimitri et Lola pleurent à chaudes larmes et se morfondent, Dimitri appelle Kara, il insiste, il la supplie, c'est le calme plat, ça ne lui ressemble pas. Il continue et lui envoie des SMS tous les jours. Il lui laisse des messages en pleine nuit, des phrases indistinctes coupées par la limite d'enregistrement du répondeur. L'incompréhension et la peur lui nouent la gorge. Il doit faire quelque chose, il doit échafauder un plan pour retrouver sa sœur.

Ella

Elle était très jolie, elle s'appelait Ella, c'était le numéro un, une jeune et belle Yougoslave de quinze ans, débarquée là, un jour, dans la prison des roses bleues « cárcel de la rosa azul. » Elle ne parlait pas le français, quelques mots ici et là. Bonjour, bonsoir, merci... Elle ne voulait pas finir esclave sexuelle. C'était l'horreur, tous ces hommes la dégoûtaient, et toujours devoir faire semblant, être aux petits soins, ce n'était plus possible. C'est la troisième fois qu'elle préparait sa fuite. Les fois précédentes, ils l'ont vite attrapée, elle a été dénoncée et elle a subi tous les tourments de l'enfer. Rouée de coups, violée, et enfermée comme un animal dans une cage pendant une quinzaine de jours. Elle savait que ça n'allait pas être facile pour retrouver la liberté. Elle devait sortir de cette chambre, elle devait opérer un jeudi, c'était le jour où toute la troupe se retrouvait pour leurs trafics de cigares, de femmes et de drogues. Elle avait préparé son plan d'attaque, elle avait mijoté tout ça dans sa petite tête. Il fallait simuler un malaise, amadouer Ursula, la faire boire, elle savait que la maquerelle aimait boire, surtout de la téquila. Elle devait prendre son jeu de clés, descendre l'escalier, trouver la porte sur l'extérieur. Puis courir, peu importe la direction. Juste aller le plus loin possible. C'est l'étape la plus facile, se disait-elle. Si je parviens à faire boire Ursula et à me libérer et que je peux courir, personne ne me rattrapera. Je cours vite, très vite, au collège j'étais la plus rapide. Je battais toutes les filles et la plupart des garçons. Tout ce qu'il me faut, c'est un peu de chance.

Elle s'est ruée vers l'entrée, elle a ouvert la porte, en laissant Ursula dans ses vapeurs d'alcool. Puis elle a couru, couru jusqu'à en perdre haleine, ses notes en athlétisme avaient toujours été très bonnes, si la course qu'elle effectuait ce jour-là avait été jugée, elle aurait obtenu la mention excellente. Le diable aux fesses, la mort aux trousses, elle continuait de courir sans relâche. La chaleur était massacrante, elle était en nage, malgré ses capacités, elle commençait à perdre ses moyens, ne sachant où se diriger, elle suivait son instinct. Elle courait toujours, l'horizon se dégageait. Plus rien ne la retenait. C'était angoissant... Angoissant et terrible ! Elle a trébuché et a basculé vers l'avant. Elle est tombée dans une petite mare. La sensation était agréable, le liquide lui rentrait dans le nez, les yeux, la bouche. Elle s'est cogné les genoux sur des cailloux. La fraîcheur de l'eau a remis ses idées en place. Elle a retrouvé son équilibre et émergé la tête du flux. Des bancs de gravillons alternaient avec des broussailles sèches.

Il fallait avancer sans se casser un membre. Elle était trempée, ses minces vêtements lui collaient à la peau et la transperçaient. Un frisson convulsif, long et profond, la secouait. Soudain, elle a entendu du bruit ! Encore des hallucinations ! Le paysage disparaissait une fois de plus. Elle ralentissait le pas, troublée. Pourtant, à dix mètres devant elle, il n'y avait plus rien, ni rivière, ni arbres, ni gravillons, seulement le vide, de la terre à perte de vue, et là-bas, dans le lointain, un bouquet d'arbres et une petite ferme. Elle a regardé devant elle avec prudence, elle a aussi regardé derrière, elle se demandait si elle n'était pas poursuivie, mais elle ne voyait personne. Elle était pourtant sûre que la troupe du gros était à ses trousses. À bout de forces, elle est arrivée épuisée devant cette ferme qui semblait abandonnée au milieu de nulle part. Elle s'est retrouvée seule devant une vieille grange, sans le moindre bruit de bêtes, ni de qui que ce soit, pas le moindre signe de vie. Pourtant, dans ces murs, jadis, la vie a dû dominer. Il y avait des sacs d'engrais, il y avait aussi de la paille et ce qui a interpellé la jeune fille, c'est le sol en terre battue qui était maculé de gouttes de sang séché. Des zébrures ici et là, comme si l'on avait traîné des corps. Il y avait même des éclaboussures sur des planches de bois. Ella était paniquée, à l'affût du moindre soupir, du moindre signe, le vent montait, il était plus fort. Elle s'est approchée lentement, une vision d'horreur s'est alors offerte à ses yeux. Un nuage de mouches volait, trois corps de jeunes filles étaient sous les planches, en décomposition, jetés pêle-mêle sur un tas de paille. Ella est devenue blême, elle ne bougeait plus, elle ne parlait plus, elle était complètement tétanisée. Elle se sentait mal, le frisson qui venait de la parcourir était différent. Elle devait se cacher, elle savait qu'ils étaient là, non loin, mais elle ne les voyait toujours pas. Elle a tenté vainement d'ignorer la sensation de danger qu'elle percevait dans cette grange, son instinct lui a conseillé de sortir immédiatement de cet endroit insalubre, mais un objet scintillant a attiré son attention, elle s'est approchée et elle a vu un petit portable. Il devait certainement appartenir à une des jeunes filles mortes. Son sang n'a fait qu'un tour, elle a prié et a décidé d'appeler la police, elle avait encore un peu de temps devant elle avant l'arrivée des bourreaux. Le téléphone portable grésillait, mais il fonctionnait encore, Ella a composé le 106.

L'appel à la police cubaine a été enregistré à 17 heures, le 19 juillet 1988. Une jeune femme prénommée Ella demande l'envoi d'une patrouille dans une ferme isolée, à une dizaine de kilomètres de Baracoa. Elle appelle depuis un portable, dit un policier à ses coéquipiers, elle a demandé de l'aide, elle a l'air d'être très mal en point. Quand le brigadier a demandé la raison de l'urgence, Ella lui a répondu qu'elle avait très peur, que des hommes étaient à sa poursuite et menaçaient de l'éliminer.

Le ciel s'était assombri, il commençait à pleuvoir, ses bourreaux se tenaient là, dehors, sous une pluie battante. Ella a pu fournir les descriptions physiques des protagonistes au brigadier, la tempête faisait rage, la pluie redoublait, une profonde obscurité pesait sur les champs hostiles et déserts que de violents coups de tonnerre éclairaient par intermittence. Ella a entendu les dernières paroles du brigadier, il lui a dit qu'il avait pris note des faits et qu'il allait envoyer une patrouille. Puis plus rien... Elle a perdu le contact téléphonique, elle a lâché le portable et elle a paniqué. Elle n'a pas eu le temps de dire ouf ! Une main s'est abattue sur sa bouche et a tiré violemment sa tête vers l'arrière. Le bras puissant de Bodian s'est refermé sur elle. Elle s'est débattue comme une lionne, elle a essayé de se dégager, mais c'était peine perdue, Bodian était très fort. La paume de l'homme collée sur sa petite bouche l'empêchait de crier. Il s'est penché pour lui murmurer à l'oreille :

— Tu es très belle et très gentille, tu me plais numéro un.

La peur au ventre, elle a hoché vigoureusement la tête. Bodian a retiré sa main.

— Ne me tuez pas, s'il vous plaît ! a-t-elle articulé dans un français moyen.

À bout de souffle, elle tremblait, impuissante.

Alors, elle a hurlé : Au secours ! Au secours ! Elle savait très bien qu'il n'y avait personne pour entendre le moindre bruit.

Une peur glaçante l'a saisie aux entrailles. Elle a vu qu'ils étaient deux, elle n'avait aucune chance. D'un geste, elle s'est libéré un bras en remuant furieusement, elle s'est retournée et a tenté de griffer son agresseur. Mais Bodian a bloqué chacune de ses tentatives, il lui a donné une grosse gifle, elle a tournoyé sur place, elle a trébuché et s'est retrouvée sur la paille. Protégées par des gants de cuir noir, les mains puissantes de Pedro se sont refermées sur sa nuque. Ses doigts encerclaient doucement la minuscule gorge blanche, pendant qu'il écrasait ses lèvres sur les siennes. Il a appuyé encore et encore, elle ne pouvait pas respirer. Elle se demandait ce qui lui arrivait avant de comprendre que des doigts d'acier lui écrasaient la trachée. Elle essayait de se libérer, mais Pedro était beaucoup trop fort. Son visage toujours contre le sien, il la regardait se débattre comme une marionnette. Tandis que la vie la quittait, elle avait les yeux écarquillés, elle ne pouvait pas croire qu'elle allait mourir. Pas comme ça. Pas ici. Pas maintenant. Des lumières éclataient dans ses yeux. Sa résistance faiblissait. Trop vite.

Trop facilement. Elle continuait à se débattre, mais sans succès. La douleur était insupportable. Avec la dernière force possible, elle a essayé d'absorber un minimum d'air, mais, malheureusement, les mains de son agresseur n'ont pas bougé.

— Il faut que je respire ! Je vais étouffer !

Ella s'est efforcée de n'ouvrir ni les yeux ni la bouche. Elle a lutté contre une puissante envie de respirer. Pedro n'a pas lâché prise. Impassible, le mexicain a soulevé la jeune fille et l'a tirée par les cheveux, elle gémissait de douleur, il l'a attachée à un poteau de bois, puis les deux hommes l'ont violée à tour de rôle. Que dire de ses derniers instants ? Dans les vapeurs de la douleur, bercée par le ressac de ses souvenirs enfantins, elle n'était plus qu'un morceau de chair, un cri lancé dans les gorges profondes de la souffrance. L'appel vers l'Au-delà confinait au requiem, cette musique profonde et spirituelle qui guidait son esprit vers des contrées inexplorées. Elle s'est débattue par instinct, sans espoir. Dans une longue expiration, elle a senti son âme quitter son corps, puis s'envoler vers l'inconnu, en direction de l'inexplicable. Bodian le Sénégalais a tiré son couteau de chasse et il l'a plantée, puis il a dégainé son arme et a tiré une balle à bout portant. Elle a succombé. Le crâne de la jeune fille a explosé et une gerbe de sang, de fragments d'os et de morceaux de cervelle ont maculé la paille et les alentours. Le corps sans vie s'est affaissé, la tête penchée sur son torse comme une poupée désarticulée. Ils l'ont mutilée, détachée et l'ont jetée dans un coin de la grange à l'opposé des trois cadavres.

La nuit éternelle est tombée sur l'univers d'Ella.

— Ne perdons pas de temps, a dit Pedro !

— OK, nous reviendrons chercher les colis dans la semaine, a dit Bodian. Il ne faut plus tarder. Il nous faut des hommes pour creuser. Nous allons les transporter dans la forêt d'El Yunque et les enterrer avec les autres.

La prison des roses bleues

Fin décembre 1988
Le Gold Siranus fend la mer des Caraïbes.
Grimpés sur le pont, ses passagers scrutent
l'horizon depuis l'aube et, maintenant que l'île
de Cuba apparaît à l'horizon, les hommes du
gros Marco entonnent *une nuvea trova,* un
chant typique de La Havane. Le bateau arrive à
Buenos Aires après trois semaines de traversée.
Max et Bodian les attendent sur le quai. La route
a été longue, Kara a été droguée, elle est dans le
coffre de la voiture. Il fait presque nuit quand la
Chevrolet arrive à Baracoa. Ville et municipalité
de la province de Guantánamo à l'extrémité
orientale de Cuba. Pour une grande partie du
monde, Guantánamo évoque l'image de
prisonniers anonymes en combinaison orange.
C'est la région la plus montagneuse du pays,
mais aussi la plus chaude, la plus arrosée et la
plus sèche. Elle abrite un grand nombre des
espèces endémiques de la faune de Porto Rico.

À La Havane, tout était cher. La faute aux
Nord-Américains qui s'étaient répandus à flots
avant l'arrivée de Reagan au pouvoir.
Désormais, les Américains ont disparu, mais les
prix n'ont pas baissé. Il y a quand même un
avantage gratuit, l'enseignement obligatoire

donné aux enfants ! Les gouvernements de Fidel Castro, puis de son frère Raül se souciaient d'éduquer le peuple. Gratuits également l'eau, le gaz, l'électricité ! Cependant, les autochtones, eux, mangeaient peu de viande, réservée la plupart du temps aux visiteurs de l'île.

La prison des roses bleues, nommée : « la cárcel de la rosa azul », est un vieux bâtiment, coupé du reste du monde, à plusieurs kilomètres de Baracoa, une sorte d'usine désinfectée qui a été jadis un entrepôt pour la fabrication des cigares de la Havane. Il paraît que l'usine tournait bien. Puis, le bâtiment est resté à l'abandon quelques années avant de devenir une secte qui fut démantelée plus tard. Les dealers, le gros Max et l'homme aux cheveux blancs, le big boss Marco, faisaient partie de la secte, ils ont racheté le bâtiment au propriétaire afin d'y élever du bétail. Aujourd'hui, c'est leur prison, et le bétail, leurs prostituées, leurs roses bleues. Personne ne sait sauf le gang et les clients. Il y a de grands murs de briques grises et ternes, une ancienne porte d'entrée imposante, de hautes fenêtres comme celles d'une Église, toutes avec des barreaux. Ce qui impressionne le plus, c'est cette végétation luxuriante qui entoure le bâtiment et qui revêt les murs. La façade est habillée de superbes roses blanches grimpantes, veloutées et pulpeuses, abondantes et généreuses qu'Ursula teinte en bleu. Avec les roses, elle est le seul signe de vie et de féminité qui se dégage de ce tableau. Elle c'est la patronne, la femme de Marco, la grosse maquerelle qui occupe la chambre numéro quinze.

Ce matin, ils se sont tous réunis pour parler de leur trafic et des filles. Pas un ne manque ! Il y a Gaston, la gueule d'amour ! Bob, le fouineur ! Max, le gros costaud au cigare ! Pogar, l'impérieux petit crevé ! Pedro, le mexicain ! Marco, le big boss, la tête de voyou en costume de gigolo ! Gomez, le sympathique poivre et sel et Bodian, celui au long nez, le méchant ! Il y a aussi les trois jeunes hommes au chapeau, le brun Mickey, le blond Ralf et celui qu'on appelle l'Ermite, le rouquin, celui qui tatoue.

Des mouches tournoient au-dessus de leurs têtes, Ursula les chasse avec une tapette, certaines se précipitent sur les ampoules jaunes accrochées au plafond avant d'y grésiller jusqu'à leur fin. Les protagonistes, entassés autour d'une table, parlent d'une fille disparue, celle qui s'appelle Ella. Celle qui a été abattue il y a une semaine. Elle avait quinze ans, c'était le numéro un, elle était yougoslave. Elle s'était sauvée de la prison, mais elle a vite été rattrapée. Le corps de la jeune fille a été retrouvé près d'une ferme, dans une grange abandonnée. Elle était jolie, un petit nez, des yeux bleus et de beaux seins.

Elle était nue dans la paille, elle semblait sourire. C'est un fermier qui l'a trouvée. L'enquête n'a rien donné, pas de preuves, aucun indice, seul un tatouage représentant un chiffre et une rose bleue a laissé les policiers dubitatifs. Heureusement, les autres colis n'ont pas été retrouvés par ce fermier, les bourreaux les ont vite débarrassés et les ont enterrés dans la forêt. Le gros raconte tout ça en fixant ses complices, et en suçant son gros cigare. Il savait, il avait ses contacts, il sait que la jeune Ella a eu son compte par le Mexicain. C'était la première fois que Pedro tuait quelqu'un. Il disait en souriant : *eh bien ! C'est plus facile que je le pensais ! Pas impressionnant du tout, et puis j'ai pris mon pied. Elle a eu son compte cette petite garce.* Ils jubilent tous entre eux, le nez devant un plat de concombres et de champignons à la crème aigre. La bière est tiède, ils la dégustent lentement.

Max a quarante-cinq ans, l'air important, c'est un homme d'une forte corpulence, imberbe, un énorme cigare entre ses lèvres épaisses, de gros yeux de bovin, il est luisant comme un porc, sa peau est épaisse comme celle de certaines oranges. Sa chair boudine sous ses vêtements. On pourrait le comparer à un taureau, à quelque chose de sexuel avec son regard humide. Ses poches sont remplies de billets de banque tous froissés, qu'il fourre par liasses. À côté de lui, il y a Pogar, l'homme aux cheveux noirs, pâle, fiévreux et chétif qui gueule et qui réclame son argent. Marco la quarantaine, avec sa grosse tête, trop grosse pour son corps et sa tignasse blanche, a l'air d'avoir trop bu ! Plus loin, les trentenaires. Pedro le Mexicain aux yeux bridés et les deux Sénégalais Gomez et Bodian, forts comme des lions, attendent les ordres. Les plus jeunes, Gaston, vingt-sept ans, brun aux yeux bleus, grand, mince, un corps d'athlète, Bob, vingt-neuf ans, un petit malin, blond, aux yeux de fouine, et l'Ermite, le rouquin tatoueur, avec un visage couvert de taches de son, tous trois affublés d'un chapeau.

Nous avons un autre problème, a dit le gros Max, il a tiré son cigare de la bouche de la main gauche et il a frappé du poing droit une seule fois. Les autres ont compris. Pogar s'est retrouvé sur une chaise, les mains liées dans le dos, il porte juste un slip, il ne bouge pas, mâchoire pendante d'où s'étirent des filets de bave sanguinolente. Sa poitrine est secouée à chaque inspiration par des sanglots. Son arcade sourcilière gauche est ouverte et saigne sur un œil gonflé. À son front bleuit une énorme bosse. Du sang a coulé de sa figure sur son corps, il y en a aussi par terre.

La pièce est seulement éclairée par une lampe suspendue qui dispense une lumière jaune. Ils sont quatre autour de lui qui, pour le moment, se contentent de le regarder gémir. Ils fument, on entend leurs respirations saccadées s'apaiser peu à peu. Max s'étouffe presque et finit par écraser son gros cigare sous son soulier. Manches retroussées sur des muscles puissants. Son ventre proéminent tend les pans de sa chemise. Ses sourcils sont froncés et sa bouche tordue, ses yeux sont percés de grosses pupilles de couleur marron clouées en cet instant dans la nuque de Pogar inanimé sur la chaise.

— Bon, qu'est-ce qu'on fait, Max, disent les autres ?

— Il faut le réveiller, ce con, il faut qu'il comprenne sa douleur.

Gomez et Bodian le redressent. Pogar sursaute, écarquille son œil encore valide.

— Tu sais pourquoi t'es là. Ho tu m'entends vermine ! Fait Marco.

Pogar gémit en hochant la tête. Un râle provient du fond de sa gorge. Max soupire, se racle la gorge puis crache par terre. Il allume un autre cigare, s'assoit sur une chaise, remonte ses manches, les jambes étendues, pieds croisés face à Pogar. Il regarde sa montre. On entend plus que le halètement du supplicié. Il y a un seul coup de feu. On a vu deux jambes et deux bras s'affaisser, Pogar le maigre aux cheveux noirs est tombé comme une marionnette, c'était un dealer, une enflure qui les avait roulés dans la farine. Il se livrait à des trafics illicites. La contrefaçon des cigares est sévèrement punie, d'autant qu'elle projette une ombre noire sur la qualité de ces produits, réputés dans le monde entier. Le gros Max a tout de suite fait la différence, le goût était âcre, la cape extérieure était de mauvaise qualité. Ces cigares achetés dans la rue se brisaient au milieu et se répandaient en poussière sur le sol.

— Il a son compte grogne Marco à la tignasse blanche.

— Bien, fait le gros Max, on fait comme d'habitude les gars, débarrassez-moi ça ! Allez, bougez vos fesses, les gaillards ! Dans une heure, il sera raide.

La prison des roses bleues, c'est un camp pas comme les autres, un endroit infâme, insalubre où vivent des dizaines de jeunes filles, toutes à la peau blanche. C'est un réseau de prostitution. Toutes ces gamines sont malmenées. Enlevées dans leur pays et cloîtrées, on appelle ça « la traite des blanches ». Rares sont celles qui arrivent à s'enfuir. Le gros Marco appelle sa tribu : « les roses bleues ». Dans la troupe du gros, il n'y a que des vauriens, il n'y en a pas un seul qui n'a pas tué. À la guerre ou par dénonciation, ou autrement. Ce qui est le plus facile, on n'a même pas besoin de signer son nom. Il ne s'en vante pas, mais il a dû en tuer des quantités. Marco, l'homme aux cheveux blancs, la première fois, il avait dix-neuf ans quand il a tué son premier homme, il appelait ça son dépucelage. Ça n'a pas été prémédité. C'est venu tout seul. Puis il y a pris goût et n'a plus cessé de tuer. C'est à la fois indispensable et naturel. Il accomplit toujours à froid sans état d'âme, comme s'il n'avait plus de conscience.

Toute l'équipe se drogue et boit de l'alcool par carafes, une fille sur un genou, une autre sur l'autre. Les filles sont aussi droguées, elles boivent avec eux. Alors ils rient et racontent leurs sales histoires, les mains fourrées sous leurs jupes. Ils appellent les filles par d'autres noms que les leurs, par des numéros. Ils s'amusent, leur paient à manger et les pelotent devant tout le monde. Puis, ils débouclent leurs ceinturons et les baisent, en veux-tu - en voilà. C'est une vraie orgie, de gros verrats vicieux, suintants, puants de sueur et d'alcool. Des filles, il y a souvent celles qui essaient de s'enfuir, comme Ella, qui portait le numéro un, mais qui n'y arrivent jamais, ou très rarement. À celles-là, ces dures à cuire, comme dit le gros, il leur fait subir des atrocités, certaines passent quinze jours dans une cage et sont marquées au fer rouge comme du bétail. Si elles ont le malheur de recommencer à s'enfuir, elles subissent des souffrances de plus en plus atroces, on leur rase la tête, on leur arrache une dent ou un ongle et si, malgré ces punitions, elles s'obstinent, elles sont éliminées. Ce sont de pauvres gamines, des otages, des colis comme ils disent, ils abusent d'elles, les fusillent et les emmènent, Dieu sait où. En tous cas, on entend plus parler d'elles. Toutes celles qui entrent dans cette prison sont destinées à la vente aux enchères, pour des pervers fortunés, ou sont prostituées pour les fidèles clients. Toutes sans exception sont identifiées par un tatouage sur l'avant-bras gauche « *un numéro et une rose bleue* ».

Marco adore les petites jeunes filles, il leur fait des grâces, leur donne parfois des sucreries, il prend son pied en les tripotant, c'est un sale vicieux avec son sourire de gros bébé joufflu. Dans le groupe des filles, il y a Julia, sa préférée, le numéro deux, une Hongroise de dix-huit ans, c'est une grande brêle, tout en longueur, elle est juste capable de s'étendre et d'écarter les cuisses en regardant le plafond. Plusieurs clients se sont déjà plaints. Ce n'est qu'un trou pour tous ces salauds qui lui passent dessus, mais lui, il ne s'en plaint pas. Et puis, il y a Ursula, c'est le gros qui l'a choisie, c'est sa femme, il la tire quand il n'a rien sous la dent. C'est elle qui s'occupe des filles pour les clients et qui gère l'argent. Elle est forte, un visage fade à la chair drue, une mégère cruelle, sans cœur, une vipère aux dents longues. Elle les choisit, les prépare à l'étage du bâtiment, afin que le client puisse à son tour choisir la fille qui lui plaît. Il y a quinze chambres, elles disposent toutes d'un lit à baldaquin, de deux chaises, une table ronde, une commode et une petite armoire à glace. Linoléum au sol, matelas gigantesque, coussins disposés un peu partout. Le rouge prédomine dans la plupart des pièces. Elles sont toutes éclairées par un mince reflet de soleil au travers de lourds rideaux fleuris qui pendent jusqu'au plancher. Au fond du couloir, il y a trois salles de bain avec un cabinet de toilette attenant, une pour les clients, la plus spacieuse pour Max et ses hommes et une pour Ursula et sa troupe.

Kara a repris ses esprits, elle est allongée dans une chambre. La maquerelle arrive et lui demande de l'accompagner pour visiter les lieux. Kara la suit bon gré mal gré. Elle lui montre la salle de bains des filles. Un parfum de vanille embaume la pièce.

— Viens, dit Ursula, tu vas découvrir la chambre des tortures et faire connaissance avec quelques filles.

Dans la lumière tamisée, Kara distingue une cage, des entraves, une croix, des chaises avec des chaînes, ainsi qu'une étagère chargée de pinces, de fouets, de menottes, de bougies.

— Tu n'es pas obligée, dit Ursula en voyant la mine déconfite de la jeune fille. Si le client te le demande, tu peux l'enfermer dans la cage, le fouetter, le pincer, jusqu'à la jouissance. Certains hommes aiment se faire dominer.

Kara ne sait que dire, elle suit Ursula.

Elles se dirigent vers les autres chambres, elles sont toutes identiques. Dans la chambre numéro un, il règne une ambiance champêtre. Ella a déjà été remplacée par Mia, qui est slovaque, elle est devenue le nouveau numéro un. Elle est longue et mince, visage clair aux longs cheveux noirs, elle n'a que dix-sept ans. Pour les nouvelles recrues, Ursula leur impose une tenue provocante. Pour les habituées, c'est un déshabillé blanc ou noir et une même robe de chambre, longue en pilou rose. Toutes les filles ont entre quatorze et vingt ans. Plus âgées, Ursula n'en veut pas, sauf de rares exceptions. Celles-ci sont gardées peu de temps, souvent six mois et vendues aux hommes d'affaires. Les clients aiment le changement, la nouveauté, la chair jeune, innocente et fraîche.

Dans la prison des roses bleues, on se lève tôt. C'est une maison hantée, une maison de fantômes, il y a des coupures de courant assez fréquentes. Les ampoules électriques sont faibles. Cet imposant bâtiment est prêt à s'écrouler, en raison des dégâts, murs fissurés, causés par les ouragans. Pas de lave-vaisselle ni de lave-linge, à tour de rôle, les filles accomplissent les tâches ménagères. La lessive se fait tous les lundis dans de grosses barriques, il faut tourner le linge avec des pinces en bois, le travail est fastidieux. Dans la plus grande pièce qui sert de salle à manger, le regard est attiré par un autel, celui « *d'Oshun* », la reine des eaux douces, de l'amour et de la fertilité. Ursula a accoutumé les filles à la « *Santeria* », une religion afro-cubaine, apportée par les esclaves, et également une forme de résistance à l'oppression. Difficile, dans ces conditions, pour la religion catholique d'anéantir ces croyances !

Kara survit à Cuba. Elle ne compte plus les jours qui s'écoulent, monotones. Ursula n'a peur de rien, peut-être parce qu'elle est forte et placide, parce qu'elle a enduré la souffrance. Fanée, édentée, elle ne paie pas de mine, elle impose son autorité ancestrale et les filles plient devant elle. Avec ses seins pendants et vides, sa peau flasque, son front creusé de rides par les soucis quotidiens, elle ne vaut rien pour l'amour, les autres l'appellent « *maîtresse femme.* » Quand il fait froid, c'est elle qui allume les feux dans les poêles, y compris dans les chambres. Il y a plusieurs poêles à bois et à charbon dans le bâtiment, qui servent aussi à chauffer les repas, la soupe et le café.

Numéro quatorze

Après cette première visite, Ursula m'a amené un plateau-repas, du blanc de poulet et une boisson, j'avais tellement faim et soif, j'ai tout avalé. L'eau avait un drôle de goût, j'ai perdu connaissance.

Une porte claque, je suis encore dans mon lit. J'ai mal à la tête, je crois que je vais vomir. Je ne peux pas ouvrir les yeux. La petite fente, quand je force mes paupières à s'écarter, me suffit pour voir qu'il fait noir. Depuis combien de temps suis-je allongée là, je ne me souviens plus. J'ai des abeilles qui font du bruit dans mes oreilles, j'entends des sons étouffés, des gémissements. J'aimerais me lever pour aller voir ce qui se passe, mais mon corps est trop lourd. Un petit rayon de lumière passe sous la porte. Je devine quelqu'un qui regarde. Une larme glisse sur ma joue. Avant de me rendormir, je pense à ma famille, je les vois, je ne veux pas que ça disparaisse. Ça me demande beaucoup d'efforts, j'ai toujours mal à la tête, mais je peux y arriver, j'en suis sûre. J'enroule une mèche de cheveux autour de mon doigt et, quand il est tout englouti, je le libère et je recommence. Le bruit de la porte me réveille encore une fois. Qu'est-ce qui se passe ? C'est très dur de bouger. C'est comme si j'étais coincée dans une petite boîte.

Mes paupières sont figées. Je n'arrive pas à les faire obéir. J'ai toujours un masque sur les yeux, un masque qui me comprime. Un brouhaha arrive à mes oreilles. Je crois qu'il fait jour. Mon ventre pousse un cri tordu. La porte vient de s'ouvrir, Ursula arrive à mes côtés, enlève mon masque, le sparadrap collé sur ma bouche, elle dénoue mes liens aux chevilles et aux poignets et ôte la chaîne qui enserre mon cou comme un chien. Je suis allongée sur ce lit, presque dévêtue, les yeux rougis par les larmes. Elle me parle :

— Aujourd'hui, tu seras tatouée et, demain, tu auras ton premier client. Il faut que tu te fasses belle, tu dois me faire confiance. Oublie ton prénom, Kara, à partir de ce jour, tu t'appelles numéro quatorze.

Ursula sait que les relations sexuelles avec des enfants ne sont pas un phénomène nouveau. Depuis des années, les dénonciations se multiplient et le gouvernement cubain n'a pas fait grand-chose.

Elle appelle Lermite, c'est un grand gaillard bien bâti, rouquin, avec une barbe mal rasée, des taches de son sur le visage, des yeux verts et perçants, il n'a pas l'air très méchant. Il doit tatouer le chiffre quatorze sur mon avant-bras gauche et une rose bleue. Il enfonce l'aiguille, effectue un grand nombre de petites piqûres pour tracer le chiffre le plus délicatement possible. Le sang suinte. L'aiguille n'est pas allée suffisamment en profondeur, il est contraint de recommencer.

— Ne bouge pas, fillette, sinon je vais devoir m'acharner et tu auras très mal.

J'ai les larmes aux yeux, j'accepte la douleur que Lermite m'inflige sans broncher.

J'ai été prévenue : « *Ne rien dire, ne rien faire.* » Je ne bouge plus, je subis, maintenant il me tatoue la rose. Après avoir essuyé le sang, il appose de l'encre bleue sous la peau incisée.

— Je murmure : dépêchez-vous ! J'ai mal ! Très mal !

Lermite est lent, trop lent. Tatouer le bras des hommes est une chose, marquer les jeunes filles dans leur chair en est une autre.

Il prend mon visage dans ses mains et plonge son regard dans mes yeux terrifiés, mes lèvres tremblent comme si elles s'apprêtaient à parler. Il serre mon bras. Je le regarde impuissante, les yeux embués « *chut* », dit-il.

Il tatoue le contour de la rose. Sa main s'attarde, il me regarde à nouveau, un sourire effleure ses lèvres. Je réponds par une petite mimique.

— Plus vite, Lermite ! Aboie Ursula d'une voix pressante.

Le calvaire se termine enfin, j'ai définitivement rejoint la tribu, j'ai l'avant-bras gauche tatoué du chiffre quatorze et d'une rose bleue, je souffre, ma peau est rouge et gonflée, mon bras a doublé de volume.

— Viens, dit Ursula, je vais te présenter les filles. Une première porte s'ouvre, une fille bien en chair me salue avec un fort accent bulgare. Je m'efforce de la regarder dans les yeux.

— Je m'appelle Kara ou numéro quatorze.

— Oui, moi savoir, répond la fille, maîtresse Ursula m'a dit. Je m'appelle Marika, j'ai dix-neuf ans, mais ici, c'est numéro trois.

Elle est très blonde, tout en rondeur, perchée sur des talons aiguille. Elle marche d'un pas assuré. Je me sens minuscule et empotée.

Ursula m'a préparée, elle m'a maquillée. Je suis vêtue d'une jupe noire très courte et d'un haut provocant en satin rouge, j'ai l'air d'une diva. Mon corsage est décolleté, je suis gênée. De hauts talons complètent cette toilette provocante. Une musique cubaine met de l'ambiance, l'air est moite et pesant, je suis apeurée. Aujourd'hui, j'ai mon premier client, j'ai dix-sept ans, je suis encore vierge, je suis une enfant projetée dans le monde des adultes contre mon gré. Moi qui, d'ordinaire, me pavane, orgueilleuse, sous les regards masculins, j'entre la tête dans les épaules et je baisse les yeux. Ursula m'appelle numéro quatorze pour me chapitrer, il faut que je fasse mes preuves.

— Souris à ce monsieur, tu es tombée dans de

bonnes mains. Bientôt, tu gagneras royalement ta vie, tu auras des bijoux et des toilettes.

— N'aurais-je qu'un seul protecteur, madame, ou en aurais-je plusieurs ?

— Plusieurs hommes, numéro quatorze.

J'éclate en sanglots.

— Pourquoi pleures-tu ma petite, répond l'homme sur un ton consolateur ? Quand tu seras calmée, on prendra tout notre temps. J'ai payé pour que tout soit parfait. Il y aura même du champagne au menu.

— Je n'ai pas souvent eu l'occasion de boire du champagne, monsieur, ce vin ne s'offre qu'en de grandes occasions.

— C'en est une que le dépucelage mon enfant ! Ne m'appelle pas monsieur, je m'appelle Romano et j'ai quarante-cinq ans.

— Je réponds, Romano, je meurs de peur, c'est la première fois.

— Ursula répond : cette fille est vierge, soyez délicat avec elle. Je reviendrai plus tard.

— Elle n'a rien à craindre, dit Romano, elle sera traitée comme une princesse.

Je tremble de tous mes membres, Romano me prend dans ses bras, me console d'une voix douce, me verse une coupe de champagne que j'avale d'un trait. Grisée, je reprends courage. Je le regarde, il est petit, brun et basané, des yeux noirs qui pétillent, une chevelure tout aussi noire et abondante, une fine moustache qui embellit son visage, il sent le tabac et la fougère. Avec des paroles enjôleuses et des baisers fous, il me déshabille. Bientôt, je me retrouve nue sur le lit immense tendu de draps brodés. Romano caresse mon petit corps, il s'attarde sur mes seins menus et sur l'entrecuisse. Je ne déteste pas ses manières douces, délicates, enveloppantes, adroites, soucieuses d'éveiller mon plaisir. Son expérience en la matière me rassure. Quand il me pénètre, sous l'effet de la douleur, je pousse un cri. Il m'attire vers lui et m'embrasse à pleine bouche.

— Nous reverrons-nous, Romano ?

— Je ne crois pas, numéro quatorze, je change souvent de partenaire, déflorer une vierge est une expérience nouvelle pour moi. Je le souhaitais et j'ai bien payé. D'habitude, je fais l'amour avec des femmes rompues aux relations sexuelles. Sûrement, après quelques essais avec des hommes de mon âge, tu seras envoyée vers des hommes plus jeunes. Tu survivras, répond Romano, ce n'est qu'un hymen déchiré.

— Interdiction de t'attacher, souffle Ursula, sinon tu seras très malheureuse.

Au fil du temps, je découvre d'autres partenaires. Les gestes si intimes, si affectueux des amants deviennent routiniers, je les accomplis machinalement, comme une droguée. Un jour, un certain Paulo, un homme vieux, très gras, laid, rouge comme une écrevisse, chauve, content de la bonne affaire me sourit de ses dents dorées. Je suis tourmentée. C'est abject, un vrai supplice avec ce pédophile qui pue l'alcool. Il est en sueur et éreinté.

— Ma brioche empêche les sensations, je m'engraisse trop, dit-il en riant, je fais barrière à une plus grande jouissance.

Cet homme est horrible, mes yeux exorbités parlent, ma bouche est close. Un grand souffle oratoire l'anime. Il continue de parler en déployant plus de feu : « *Les femmes nous bernent, elles font de nous un ramassis d'amants et de cocus... Pour moi, les filles sont des jouets, une amusette, rien de plus. De cette façon, je suis sûr de n'être jamais cocu !* » ceci dit, il se tait, me regarde une dernière fois, siffle son verre de porto, se lève et part en souriant.

Des larmes silencieuses coulent, mon cerveau divague, je tortille nerveusement une mèche de cheveux, j'ai des crampes d'estomac épouvantables.

« *On dit que l'esclavage a disparu de la civilisation européenne. C'est une erreur. Il existe toujours, mais il ne pèse plus que sur la femme, et il s'appelle prostitution.* » Victor Hugo

Un coup de fil étrange

Nikita est à Moscou, dans cette maison en désordre attenante à la boulangerie. Stépan est aux fourneaux, Dimitri est à Paris, il poursuit une brillante carrière d'avocat, Kara a disparu, disparu ! Mais comment est-ce possible ? Elle se rappelle de sa fille adoptive qui dormait, si belle, enveloppée dans ses draps, serrant sur son cœur son ours en peluche beige. Là, sur ce lit, il n'y a plus qu'une silhouette. Kara s'est évanouie dans la nature et pourquoi ? Où ? Comment ? Par qui ? Avec qui ? Elle n'ose y penser, elle ne peut plus réfléchir, elle ne peut plus respirer, Nikita est pétrifiée par l'angoisse.

Dans sa tête se mettent à tourner les images des jours heureux, ensemble, des joies, des jours sans crainte. Nikita fait toujours le même rêve. Elle ne veut pas. Elle se débat dans les draps, rejette la tête en arrière, s'efforce d'empêcher le personnage qu'elle voit en rêve d'ouvrir cette porte bleue maculée de rouge, d'entrer dans ces ténèbres, puis elle voit le visage de Kara entouré d'un halo de lumière. Elle se réveille, un hurlement ravalé dans la gorge, et ses yeux exorbités voient encore des choses qu'elle refuse de voir. Puis, la réalité refait lentement surface à mesure qu'elle prend conscience de l'environnement et de Stépan, qui dort profondément à ses côtés. Chaque jour depuis la disparition de Kara, même rêve, mêmes images, même cri viscéral. Cinq heures du matin, Nikita se lève pour de bon. Elle se dirige vers la salle de bains, prend une douche, se déniche des vêtements propres, observe son visage fatigué dans le miroir. Elle passe la tête sous le robinet et avale un grand trait d'eau froide. Elle entend le fracas du vent glacial à l'extérieur. La neige qui tombe à gros flocons. Elle ferme les yeux et se remémore :

— Nikita, je vais fêter mes quinze ans dans deux jours, je suppose que tu m'as préparé une belle surprise !

— Ma chérie, comme tu le sais, nos fins de mois sont très difficiles. Nous sommes endettés avec la boulangerie et n'avons pas encore réussi à tout rembourser. J'en parlerai à Stépan quand il rentrera.

Stépan ne fut pas surpris et il décida d'organiser une petite fête à son attention. Il était fier de la beauté de sa nièce, heureux de l'avoir adoptée et il voulait lui faire plaisir. Il avait économisé sur ses pourboires dont on l'avait gratifié, le contenu de la boîte à sucreries qui servait de cachette au trésor allait largement satisfaire Kara. Pour les quinze ans de la jeune fille, Stépan voulait marquer le coup. Il fit un énorme gâteau au chocolat et invita quelques petites copines. Kara quittait sa vie d'enfant pour démarrer celle d'adolescente. Elle méritait d'être reine le jour de son anniversaire. Elle a bu un trait de champagne et s'est envolée dans une valse solitaire, puis Stépan l'a prise dans ses bras et a tournoyé avec elle. Il revivait ses jeunes années. Il soupira d'aise et la complimenta.

Quand Kara a levé l'ancre, Stépan et Nikita l'ont laissé faire, ils lui faisaient confiance, elle savait ce qu'elle voulait, elle avait beaucoup d'ambition. Après son succès fulgurant à Saint-Pétersbourg, à quinze ans, elle a commencé à travailler comme top model dans une agence renommée. Elle ne voyait presque plus ses parents, elle les appelait à chaque défilé. Puis il y a eu la Fashion Week de New York et ce fut silence radio.

Plus rien, plus de nouvelles, plus de coup de fil, rien... Elle s'est évaporée... Nikita est dévastée. Stépan la soutient, lui remonte le moral, reste positif. Dimitri est à Paris pour ses études de droit. Heureusement, il y a la petite Lola, son bouchon en sucre, sa jolie poupée qui embellit de jour en jour. Stépan ne va pas tarder à se lever, le ciel est lourd et sombre, il va neiger. Il est presque six heures, quand Nikita arrive dans la cuisine. Inventaire du réfrigérateur : yaourts, confiture, jus d'orange, œufs, lard. Elle attrape les œufs puis décide de préparer une omelette au lard. Comme tous les matins, Nikita sort emmitouflée et va jusqu'à la boîte aux lettres d'un pas fébrile que l'espérance vaine accumulée rend pénible et laborieuse. Elle a un infime espoir. Une sensation de malaise l'accompagne chaque jour qui passe et lui noue les entrailles. Une bise glaciale s'engouffre sous son grand châle de laine, elle le réajuste d'un geste lent par pur réflexe. Il y a bien longtemps que la sensation du froid ne lui fait plus rien.

Stépan s'extirpe des draps en s'étirant comme un chat, il s'appuie sur ses coudes pour se relever, la place de Nikita est encore tiède, la chambre baigne dans le silence. Derniers moments de calme avant le tumulte d'une journée de boulanger. Il se glisse sous la pluie d'une douche bien chaude et revigorante et s'habille en hâte. Il est presque sept heures quand la sonnerie stridente du téléphone l'interpelle.

D'une main tendue à l'aveugle, Nikita décroche pour la faire taire.

— Allô ! Dit la voix dans un lointain murmure.

Des grésillements lui répondent. Nikita presse le combiné plus fort contre son oreille.

— Qui est à l'appareil ?

Stépan alerté par le bruit, est arrivé à ses côtés et l'interroge du regard, il ne prononce pas un mot. Le bruit de friture s'estompe et une voix lui parvient.

— Allô ! Allô ! Maman.

Nikita se fige. Stépan pousse un grommellement, il se frotte les yeux.

— Que se passe-t-il ?

Elle l'ignore et il répète :

— Qui est à l'appareil ?

— Mais je ne sais pas.

— Kara !

— Maman ! Réponds la voix déformée par la distance. Pardon d'avoir raté mon anniversaire. La ligne téléphonique crépite à nouveau, puis plus rien... Nikita lève les yeux sur Stépan.

— C'est elle ! C'est Kara ! s'enquit-il.

Elle acquiesce et explique simplement :

— Elle s'excuse d'avoir oublié son anniversaire...

Kara les avait prévenus, elle leur avait dit qu'elle ne serait pas joignable par téléphone lors de la Fashion Week de New York. Elle voulait se libérer de la contrainte d'être sans cesse dérangée. Depuis sa disparition, c'est la première fois qu'elle appelle. C'est étrange. Son dernier coup de fil remonte à son dernier défilé à Milan. Ils avaient espéré qu'elle serait avec eux, à faire exploser les pétards et boire du champagne pour fêter son succès. Mais Kara n'est pas rentrée. Le combiné serré contre elle comme pour mieux ressentir sa chaleur et sa présence, Nikita s'est efforcée d'écouter plutôt que de parler. Mais comme elle restait distante tandis que les secondes s'égrenaient dans une cabine téléphonique quelque part à l'étranger, elle s'est transformée en inquisitrice.

— Alors, ma chérie, où es-tu en ce moment ?

— Toujours à New York, maman !

— Je suppose que tu as des amies et que tu travailles ?

— Oui, maman, ne t'inquiète pas !

— Et côté argent, ça va !

— Je m'en sors, maman. Ne t'en fais pas pour moi. Je vais bien.

— Bon, tant que tu es heureuse, ma chérie, c'est tout ce compte, a-t-elle répliqué ?

Quand Kara a raccroché, Stépan a mis une tasse de café noir dans la main de Nikita et lui a donné un baiser sur sa joue.

— Allez, ma petite femme, ne t'inquiète pas, elle s'éclate au soleil, pendant qu'on grelotte.

Pourtant, Nikita a des doutes, elle sait au fond de son cœur qu'elle ne va pas bien. Son instinct de mère le sait. Le ton de la voix de Kara est prudent, faible, incertain, bizarre. Et ce rire nerveux... Non, ce n'est pas sa fille, ce n'est pas possible. Nikita consulte une nouvelle fois sa messagerie. Au cas où elle en aurait raté un. Elle se doute bien qu'il n'y aura pas de nouveau message, il faut faire quelque chose, passer à l'action. Ils se sont mis d'accord. Debout, derrière elle, Stépan surveille le moindre de ses gestes. Sa tension est palpable.

— Alors ! demande-t-il.

161

— J'appelle le poste de police de Bolchevikov.
Elle hoche la tête. De toute leur vie de couple,
ils n'ont jamais eu l'occasion de contacter la
police. Les forces de l'ordre appartiennent à un
autre monde, celui de la télévision et des
journaux. Pas au leur. Elle tremble lorsqu'elle
décroche le combiné. Elle compose le numéro en
fixant son mari d'un regard inquiet et ferme.

— Bonjour, monsieur le brigadier, je suis
madame Nikita Bredjeski, j'aimerais parler au
capitaine Martiak.

— Police de Bolchevikov, capitaine Martiak à
l'appareil, que puis-je faire pour vous ?

— Bonjour capitaine, c'est au sujet de ma fille
et de ses amies, elles ont disparu, nous n'avons
plus de nouvelles d'elles depuis octobre dernier,
explique Nikita. Une enquête est en cours, ma
fille s'appelle Kara... Elle a dix-sept ans, c'est
encore une enfant, elle était à New York pour la
Fashion Week avec ses deux amies Marion et
Jess. Mais, capitaine, ce qui est bizarre, c'est que
viens de recevoir un message de ma fille, nous
sommes en février, elle me dit qu'elle est
toujours à New York et que tout va bien, mais je
n'y crois pas une seconde, je ne sais pas d'où
proviens cet appel, mais sûrement pas des États-
Unis.

Il faut encore quelques minutes à Nikita pour
expliquer la situation, donner ses coordonnées
et écouter les conseils de rigueur.

Elle raccroche, se frotte les yeux, et rejoint Stépan.

— Alors ! Qu'est-ce qu'il a dit ? s'enquit-il d'une voix rendue plus forte par la panique qui ne lui ressemble pas. À qui as-tu parlé ? Raconte-moi !

— J'ai eu le capitaine Martiak, ils ont enregistré tous les renseignements.

— Que vont-ils faire pour retrouver les filles ?

— Il va transmettre les informations à Interpol et il nous conseille de contacter le Consulat général de France à New York. D'après lui, ça arrive souvent ; des jeunes qui voyagent à l'étranger et oublient de donner des nouvelles à leurs parents. Nous devons essayer de ne pas nous inquiéter.

— Donc, il pense que ce n'est pas grave !

En son for intérieur, Nikita supplie Dieu de répondre que non, que ce n'est pas grave, que tout ira bien. Elle hausse les épaules.

— Il n'en sait rien, chéri. Nous devons le prévenir si Kara se manifeste... Ou si nous n'avons toujours pas de nouvelles dans les semaines à venir.

— Elle va en donner, n'est-ce pas ?

Il l'attire dans ses bras.

— Bien sûr. Elle reviendra, comme toujours, elle sait qu'on l'aime.

Nikita essuie ses yeux avec un mouchoir en papier et tente de reprendre un peu de courage.

— J'ai promis de tenir informés les parents de Jess et de Marion, je crois qu'ils sont aussi inquiets que nous. Jess est fille unique, et Marion est la petite dernière d'une fratrie de trois enfants. La police a besoin de leurs photos, j'ai dit que je leur en enverrai rapidement. Ensuite, je chercherai le numéro du Consulat.

Nikita est ailleurs, elle plonge dans ses pensées et se revoit en train de napper le gâteau de Stépan en pâte d'amande sucré. Kara avait adoré. Elle s'extirpe de ses souvenirs au moment où son mari revient dans la cuisine. Stépan regarde par-dessus l'épaule de Nikita. Elle fouille dans son portefeuille, elle a choisi une belle photo de Kara, celle qu'elle leur a envoyée de New York, elle est accompagnée de ses deux amies, Jess et Marion, elles affichent un sourire radieux.

— Au moins, elles sont ensemble, déclare Nikita avant de se remettre à pleurer. Je ferais mieux de servir à la boulangerie, dit-elle, soulagée d'avoir quelque chose à faire.

« *Il n'est de plus grande agonie que de garder une histoire tue en soi.* » Maya Angelou

Prostitution

Je m'appelle Kara, j'ai seize ans et demi, ici, je suis une rose bleue, on m'appelle numéro quatorze, je n'ai pas beaucoup d'expérience, c'est le moins qu'on puisse dire, je suis top model, je ne sais faire que ça. Je parle russe, français, allemand, anglais. Je sais surtout me taire. Je méprise cette situation involontaire de ma part. Je suis ici au bout du monde dans cette prison « la cárcel de la rosa azul » et je dois me lancer à la prostitution. J'implore mon reflet dans le miroir de ne pas me haïr éternellement pour ce que je m'apprête à faire. Je me mets une pression terrible comme si l'avenir de la planète en dépendait. Pourvu que je sois assez jolie, pourvu que je sois un bon coup...

Je grandis, le monde perd de sa magie, les couleurs s'affadissent, l'immense se réduit au grand. Le merveilleux à l'insolite. Je suis un fantôme incapable d'aimer, serrée dans sa rigueur comme dans un corset. J'apprends à garder le silence, à penser pour moi seule, à ne plus partager, je fais semblant aussi. Grandir, c'est apprendre à mentir, à tricher et à s'en satisfaire. Mon âme est devenue un brouillard, un nuage, dans lequel je m'égare. Malgré tout, je crois en Dieu. Nous sommes les créatures du seigneur qui a jugé bon de nous donner la vie et nous a créés à son image. Dieu est notre père à tous, donc il est mon père aussi comme celui de mes parents. Je me perds, je m'évanouis dans cette généalogie. Je suis petite et Dieu est grand. Dieu est bon, infiniment miséricordieux et je sais au plus profond de mon âme qu'un jour il va m'aider.

— Ursula me dit : endosse l'un des rôles que tu maîtrises le mieux. Surtout, ne sois pas toi-même ; vends-toi, déshabille-toi, cache bien ton cœur et n'oublie jamais que chaque millimètre carré de ton corps à un prix. Mens, souris, ferme les yeux si ton client te dégoûte, et garde toujours à l'esprit que tu es tout ce qu'un homme désire. La prostitution, c'est cinquante pour cent de sexe et cinquante pour cent de comédie. N'aie jamais honte de te conduire en professionnelle. Rien n'est plus beau que de coucher par amour, mais rien n'est plus rentable que de coucher pour l'argent. Dès que ta journée de travail est terminée, change tes vêtements. Ne montre jamais que tu te sens souillée. Ne te perds jamais en la maîtresse idéale que tu es sensée d'incarner. Tu ne dois rien à personne, sauf à moi. Tu dois tout me dire, ne jamais me mentir, me donner l'argent avant de commencer, tu auras ta part en fin de semaine.

Je l'écoute sans broncher. Ursula, elle est comme un magnétophone, c'est toujours le même refrain.

— Tu peux coucher avec autant d'hommes que tu le souhaites, mais sans explication, ni excuses, ni sentiments. Ne tombe surtout pas enceinte, sinon je ne pourrai plus rien pour toi. Ton corps à une valeur faciale aux yeux de tes clients.

Je suis désemparée, je panique, j'ai du mal à me mettre dans la peau d'une prostituée. Une jeune femme se présente, elle s'appelle Cynthia, aujourd'hui c'est le numéro quatre.

— Moi ici depuis peu, comme toi, dit-elle, moi allemande, moi apprendre le français.

C'est une fille de seize ans, une vagabonde qui faisait le trottoir, elle vient de Berlin, répond Ursula. Ici, elle a le gîte et le couvert. Le rouge orangé prédomine dans la chambre numéro quatre, tandis que dans la chambre numéro cinq où se trouve Anieta, une Suédoise de dix-sept ans, le rouge lie de vin est sombre. Dasha, la belle et grande poupée russe de dix-neuf ans, aux seins imposants, lance un clin d'œil à Kara, la salue et s'éloigne de la chambre numéro six en se dandinant. Là, en voyant l'immense lit à baldaquin couleur champagne aux colonnes finement sculptées, je n'ai qu'une envie : m'y allonger pour l'éternité.

— Viens, continuons la visite, annonce Ursula, je vais te présenter les autres filles.

Brigitte, une Française de dix-huit ans, cheveux courts, occupe la septième chambre.

— Bonjour, je suis le numéro sept, répond-elle en serrant énergiquement ma main. Alors, tu as visité ? Ça te plaît ? Tu es nouvelle ?

— Je réponds oui, hésitante.

— Oh ! Ne t'inquiète pas, répond Brigitte, la plupart des clients sont sympas. Crois-moi, tu vas vite prendre tes marques.

Dans la chambre numéro huit se trouve Lolita, une jolie Suédoise de seize ans, longue et blonde, teint pâle, yeux bleus, cheveux longs, c'est une bombe. La chambre numéro neuf abrite Lylia, une petite Bulgare de quinze ans, cheveux roux et peau laiteuse. Lisa, une autre bulgare, toute blonde comme les champs de blé mûris au soleil, occupe la chambre numéro dix. C'est la benjamine, elle a seulement quatorze ans. Triste et muette, elle salue timidement de la main. Les dernières chambres, numéros onze, douze et treize sont occupées par des Américaines, elles sont devenues inséparables. Elles ont toutes les trois dix-neuf ans, des yeux verts, de longs cheveux blond vénitien portés en queue de cheval. Il y a Louisa, Victoria et Madona. Dans cette prison, je m'attends à croiser des hommes à la dérive, crédules, des proxénètes exigeants, gentils, sympas, du moment qu'on joue le jeu.

Je viens de faire connaissance avec mon troisième client, Enriko, un Portoricain de trente-deux ans. Avec ses habits de ville, il ressemble à monsieur tout le monde. Il a l'air gentil, avec un grand sourire, des dents blanches, des yeux noirs, une petite bedaine et une voix douce. Je peux soutenir son regard sans m'évanouir, et pourtant, c'est un homme. Je m'avance timidement.

— Tu me confirmes que tu es bien majeure ? lui demande-t-il.

— Pas encore, j'ai presque dix-sept ans.

Enriko la croit seulement après avoir vu sa pièce d'identité détenue par Ursula.

— Je t'en donnais vingt, tu es tellement belle numéro quatorze. On dirait une poupée de porcelaine.

C'est vrai que l'on me donne plus que mon âge, c'est peut-être parce que je me maquille beaucoup, ce qui me donne l'air d'une jeune femme. L'éclairage tamisé de la chambre se pose sur moi avec la douceur d'un bas de soie. Avec mes porte-jarretelles noirs et mon petit haut satiné rouge, je ressemble à une prostituée. Décidément, quelque chose ne tourne pas rond chez moi. Enriko ne regarde ni mes jambes ni mon décolleté, je suis touchée par le respect dont il fait spontanément preuve à mon égard. Il me pose des questions, comme lors d'un entretien d'embauche classique. Il m'écoute parler.

— Je ne connais rien à la prostitution, je suis victime d'un enlèvement.

— Tu peux me faire confiance, numéro quatorze : ce que tu me dis restera entre nous.

Ne te force jamais à faire un truc que tu n'aimes pas, insiste-t-il.

Sa gentillesse me fait oublier que je suis en sous-vêtements. Je me sens valorisée et troublée.

— Hum, tu es une fille bien, réplique Enriko après un temps de réflexion. Enfin, si tu es ici, si tu te prostitues, c'est pour baiser avec un tas d'hommes, ne te vexe pas, mais si tu avais un peu plus de poitrine, tu serais la femme de mes rêves. Ce qui me plaît chez toi, c'est ta façon de t'exprimer, tu dis des trucs magnifiques. Tu sais, il y a plein de bonnes femmes qui font des choses géniales avec leurs bouches, et surtout celles qui savent se servir de leurs langues, mais elles n'ont rien dans le cerveau, qu'est-ce qu'elles racontent comme conneries ! Remarque, nous, les mecs, on n'est guère mieux. Il règne dans la pièce une sérénité difficile à dépeindre. Je me sens à l'abri et je n'ai pas peur de cet homme, ce qui est assez ironique.

— En tous cas, dit Enriko, sache que j'ai passé un bon moment avec toi, j'espère que ça a été réciproque et qu'il y aura une prochaine fois. C'était super, même si tu as simulé. Sérieux, je n'arrivais pas à savoir si tu gémissais de douleur ou de plaisir. Je suis prêt à recommencer sans problème, tu te rends compte à quel point tu es sexy numéro quatorze ? Je pourrais passer des journées entières à te contempler, mais tu te shootes trop, tu as l'air absente.

— Je lui dis que c'est vrai, que je me drogue depuis peu, de la came douce, que j'en ai besoin, mais après tout, qui est-il pour me faire la morale ? Je lui demande pourquoi il me pose toutes ces questions.

— Ça va, ma chérie, calme-toi, on en parlera une prochaine fois si tu veux bien.

Enriko est parti, je cours prendre une douche, je me sens salie, souillée. Arrivée dans ma chambre, je me jette sur le lit et pleure à chaudes larmes.

Le lendemain, la surprise est de taille. Les deux jeunes Bulgares ont disparu : Lylia, la jeune fille aux cheveux roux de seize ans, le numéro neuf, et Lisa, la petite blondinette de quinze ans, le numéro dix. Deux nouvelles filles les remplacent : Jess et Marion.

C'était bizarre dans ma vie, alors que j'éprouvais du bonheur de temps à autre, il me suffisait de penser que ce bonheur n'était pas là pour longtemps, et il cessait aussitôt d'être.

Jess et Marion

À la prison des roses bleues, les cris de Marion et Jess ont alerté Bodian, qui descend immédiatement au sous-sol. Le gros est furieux.

— Qu'est-ce qu'elles font là ? Je t'avais dit de les monter à l'étage ! Elles vont remplacer les numéros neuf et dix.

— Par pitié, laissez-nous, hurlent les filles, nous voulons juste rentrer à la maison, nos parents doivent être morts d'inquiétude.

Après ce comportement, dit le gros, je crois que vous n'allez pas les revoir de sitôt. Il demande à Bodian de les droguer, de les bâillonner et de les attacher solidement dos à dos, avec une corde.

Les filles sont au bord de la syncope, elles sont maintenant dans le noir le plus complet, la tête qui tourne, les yeux bandés, les bouches masquées, pieds et poings liés, c'est plus que leur mental ne peut supporter, elles les ont entendus parler de rose bleue et de numéros, qu'est-ce que ça veut dire ? Tout est confus dans leurs têtes.

Le portable du gros retentit, il remonte immédiatement au rez-de-chaussée et décroche.

— Allô patron ! Pas de problème, tout est arrangé, nous allons monter les colis à l'étage. Ursula va s'en occuper.

Arrivées à l'étage, Jess et Marion sont encore

172

étourdies. Elles font connaissance avec la maquerelle et visitent les lieux.

— L'amour, le sexe ! Dit Ursula, vous connaissez les filles ? Pas la passion banale du courrier du cœur, pas l'amour à l'eau de rose, non, l'amour avec un grand A. L'amour, le vrai, moi, j'ai connu ça à pied, à cheval et en voiture. Non, vous les gamines de votre génération, vous ne savez pas ce que c'est ! Bien, ce soir, je vous laisse ensemble, demain vous serez tatouées et séparées. La nuit porte conseil, nous en reparlerons.

L'aube a trouvé Jess et Marion angoissées, sur le lit, grillant cigarette sur cigarette. L'étape du tatouage a été très difficile, maintenant elles doivent faire connaissance avec des clients.

— Messieurs, voici nos deux nouvelles roses. Elles viennent d'être fraîchement tatouées. Voici le numéro neuf et le numéro dix. Ces fleurs sont très belles, prenez-en soin, dit Ursula.

Les yeux noirs de Jess brillent comme du jais. Une robe en dentelle blanche, courte avec une taille empire, met en valeur sa jeune poitrine. Des escarpins blancs complètent la toilette. Marion est vêtue d'une jupe rouge très courte et d'un corsage blanc décolleté qui découvre la naissance de ses petits seins. De hauts talons rouges sont assortis à cette toilette provocante. La jeune fille est gênée. Les filles lèvent leurs yeux larmoyants sur les deux hommes. Lukas, un Portoricain d'une cinquantaine d'années, très gras, luisant et rouge comme un steak qui a cuit au soleil pendant des heures, chauve, moustache grise et hirsute, content de la bonne affaire, il sourit de ses dents noircies par le tabac et Miko, un cubain trentenaire, une calvitie naissante, sans charme, tatoué de partout.

Elles tremblent de tous leurs membres, Jess pleure et s'écrie :

— Jamais, ni ma sœur de cœur ni moi ne coucherons avec vous. Vous êtes trop laids.

— Peut-être, grince le Cubain, mais nous avons payé pour l'une d'entre vous. Nous en voulons pour notre argent. Vous pouvez bien nous rendre service...

Ursula se tourne vers Jess et Marion pour les chapitrer.

— Souriez à ces messieurs, vous êtes tombées dans de bonnes mains. Bientôt, vous gagnerez royalement votre vie. On vous couvrira de bijoux et on vous offrira des toilettes luxueuses.

À une table, devant des « mojitos », les deux hommes les attendent. Miko, le plus jeune, vient à leur rencontre. L'autre les scrute d'un regard perçant et ne perd pas une miette de la scène.

— Merci, Ursula, tu ne nous as pas trompés. Ces filles rayonnent, complimente le Cubain, qui s'avère jouer le rôle d'entremetteur.

— Vous savez, monsieur, dit Jess, moi, c'est la première fois, la toute première.

— Moi aussi, réplique Marion, c'est aussi ma première fois.

— Messieurs, ces filles sont de jeunes vierges. Soyez doux avec elles.

— Ursula, tu as bien fait de t'adresser à nous, intervint Lukas, le plus vieux. Je couche avec des filles depuis des années. Elles n'ont rien à craindre. Elles seront traitées, comme des reines.

Les deux filles ont bu pour oublier, elles ont des sanglots étouffés, elles ont envie de vomir, de mourir. Une seule idée les transperce « se faire la malle ». Quitter cet endroit pourri où elles sont considérées comme de vulgaires morceaux de viande. Elles pensent à dormir, retrouver leurs familles, leurs lits, leurs draps frais. Leur vie d'avant.

Les deux hommes, Miko et Lukas, ont quitté *la cárcel de la rosa azul*, le sourire aux lèvres, heureux de la bonne affaire. Jess balance ses jambes sous la table centrale de la chambre, leurs pieds se touchent. Marion cligne des yeux, elle a envie de chialer. Elle sent que Jess va lui dire quelque chose, qu'elle fait un effort, que ce n'est pas facile à sortir. Sous la table, leurs jambes se sont mêlées. Marion ne sait plus refouler ses larmes. Elle tient la main serrée de Jess en se mordant les doigts. Jess commence à pleurer, leurs larmes coulent au même rythme, elles s'étranglent, elles font des bulles, elles sont malheureuses comme les pierres.

Soudain, la porte de la chambre s'ouvre et la maquerelle au visage dur et froid, se dresse devant elles : alors, les petites jeunes filles, qu'est-ce qu'on se raconte de beau ? On n'est pas trop tristes ! Est-ce que ça vous a plu ? Blessées, silencieuses, têtes baissées, pas un mot ne sort de leurs bouches. Elles gardent le silence, Ursula commence à lever le ton, elle les appelle par leurs numéros neuf et dix, et elles ont droit au « vous ». Elle a l'air fâchée, elle se redresse légèrement, secoue sa tête de maquerelle teinte en blond, toussote, remet en ordre les plis de sa robe et prend un air courroucé.

— Il faudra vous y faire, vous n'avez pas le choix, désormais vous faites partie de la tribu des roses bleues et vous allez être séparées, je vais vous emmener dans vos chambres respectives, mais d'abord, venez, je vais vous présenter les filles de *la cárcel de la rosa azul*. Marion et Jess la suivent à pas feutrés comme des somnambules. Ursula leur présente tour à tour les filles, quand elles arrivent à la chambre numéro quatorze, elles restent de marbre, leur sang ne fait qu'un tour. Sous son maquillage excessif, elles ont reconnu Kara, elles sont choquées et muettes. Kara est bouleversée, ses yeux bleus entourés de Rimmel et d'Eye-liner charbonneux parlent. Elle ne s'y attendait pas.

Tonio

Un fidèle client de la prison des roses bleues, un Mexicain Tonio, souhaite me rencontrer. Avant, sa préférée, c'était Ella, la jeune yougoslave. Cet homme est monstrueux, un vieux porc trapu, gros et sale qui pue la sueur, des hanches trop fortes pour un homme, des cheveux châtain clair, longs et gras, déjà rares, une tête massive engoncée dans les épaules, des sourcils épais, réunis à leur racine par un fort duvet. Le teint pauvre, tirant sur le gris, de ceux qui ont trop vécu et dont les tissus sont languissants ; le sang, avare de globules rouges. Il est laid, mais l'expression émouvante de son regard qui s'attendrit semble m'implorer. Pour parfaire le tableau, il a d'horribles dents, une haleine de cheval et des mains calleuses, un vrai remède contre l'amour. Je suis fragile, jeune, aux longues tresses blondes, vêtue d'une robe bleue à pois jaunes. L'homme essaie de me faire sourire, mais je regarde tristement, ça l'énerve. À l'instant même où je vais ouvrir la bouche, il me fait mal et me tire par les cheveux de façon à ce que je me retrouve face à lui.

— J'ai payé, dit-il ! Tu dois me satisfaire numéro quatorze, j'en veux pour mon argent !

J'ai les jambes en coton et les bras qui tremblent. Je garde le silence, puisque la réponse va de soi. L'homme soudain me serre contre lui et m'embrasse de force, j'ai envie de vomir.

— Je préfère ça, mon trésor, dit-il.

Je ne crois pas avoir éprouvé une telle terreur dans le passé. Peut-être enfant, quand ma grand-mère Irina, me faisait croire que la maison était hantée et que des fantômes prendraient possession de mon corps si je me levais pendant la nuit. Après le décès de mes parents et de ma sœur Lana, j'étais devenue insomniaque. La peur me paralysait, je fermais fort les yeux, je ne me levais plus et j'étais si terrifiée que j'avais mouillé mon lit à plusieurs reprises. Pourtant, la peur que je ressentais n'était rien comparée à ce qui m'arrive aujourd'hui. À l'épouvante qui fige mon corps.

Tonio caresse mon visage. Je ne bouge pas, j'ai envie de crier, mais je ne parviens à émettre qu'un tout petit gémissement, j'ai peur, j'ai mal. Je balbutie : je vous en prie, non... Monsieur, je vous en prie... Je vous en prie sont mes derniers mots, le type n'en a que faire, mon vocabulaire n'est d'aucune utilité.

— Ne m'appelle pas monsieur, je déteste ça, appelle-moi Tonio, compris numéro quatorze !

Je me hais, je n'ai rien trouvé de mieux que de le supplier. Quant à lui, il passe des insultes de sale pute, aux petits mots doux qu'il susurre au creux de mon oreille. J'essaie de me protéger avec mes bras, mais il me rit au nez, me jette sur le lit comme une poupée de chiffon et me déshabille contre mon gré. Les yeux rivés au plafond, je me concentre, tandis que l'homme glisse sa main entre mes cuisses, me brutalise et me viole. Puis vient l'obscurité.

Il me possède, devient dur, indigné, tyrannique. Je suis dépouillée, attachée aux barreaux du lit, au milieu des plaintes, il adore ça. Son insatiabilité et sa haine amoureuse se soulagent ainsi, dans une atmosphère de vague horreur, où il se fait parfois peur à lui-même. Étrange combinaison de satisfaction et de cruauté. C'est mon dernier client de la journée, il est satisfait de son coup, il s'en va rejoindre Ursula.

Un pied devant l'autre comme un robot téléguidé, je titube jusqu'à la salle de bain, je m'écroule dans la baignoire et fais couler de l'eau chaude et du savon liquide odorant qui mousse. Le silence s'installe, un silence assourdissant et douloureux. Mon bain est brûlant, je laisse couler de l'eau froide pour le tempérer. J'ai les lèvres sèches, les yeux embués de larmes, la tête qui cogne, le sexe ensanglanté. Je me concentre sur le clapotis, sur le froid. Le néant se lit sur mon regard, ce regard aussi vide que mon âme, essorée, épuisée. Des idées noires se bousculent dans le désordre, c'est l'enfer comme le fond d'un trou d'air. Je ne vois plus rien, j'ai beau chercher à me raccrocher au passé, aux bons moments vécus avec ma famille, rien ne scintille, ni ne brille, tout s'éteint, je ne vois plus que le négatif. Mourir, mourir ! Non. Pas encore. Pas aujourd'hui. Rester en vie ! Tituber, chanceler, mais continuer à avancer. Pour me rassurer, je me dis : quelle chance tu as d'être encore en vie ! Je plonge dans la baignoire, j'apprécie, je ferme les yeux et je m'endors. Je suis clouée dans ce lit de mousse, j'ai la certitude absolue que je vis mes derniers instants. Personne n'est là pour me tenir la main, je ne pleure plus, je ne crie plus, j'aurais aimé autre chose, me marier, fonder une famille, des choses ordinaires, être aimée, me faire une petite place quelque part. Je compte les secondes, je regarde le reflet de l'eau et les bulles de mousse qui éclatent. Je me réveille enfin, une idée vient de germer dans ma tête, il faut partir d'ici, s'échapper de cette prison, de cet enfer, amadouer Ursula, préparer mon évasion, courir loin d'ici comme Ella, ne pas me faire prendre et trouver la formule magique qui me libérera. Ce soir, je sombre dans un cauchemar oppressant, mes pensées sont gorgées de noir, c'est le genre de rêve dont il ne vaut mieux jamais se réveiller, sous peine de perdre la tête. Jusqu'aux premières lueurs du jour, jusqu'au réveil...

Le lendemain, je me confie à Brigitte, la Française, le numéro sept avec laquelle je m'entends le mieux. Nous avons les mêmes goûts et beaucoup de sujets en commun. L'avantage avec Brigitte, c'est qu'elle ne me juge jamais. Nous nous comprenons et nous nous respectons. Il y a une chose que j'ai apprise par elle : vendre son corps involontairement est dégradant. Je lui raconte alors l'épisode de Tonio.

— Je ne l'ai jamais rencontré, dit-elle, tu dois être son type de fille !

— Oh ! Je m'en passerai bien, tu sais, j'espère ne plus jamais le revoir, c'est un sale porc. Je suis une marchandise, je me considère comme un produit sélectionné, retouché, réduit, acquis et testé. La vie m'a appris à vivre en tant que prostituée, mourir seule devrait être à ma portée. Il est désormais inutile de pleurer, je ne reverrai peux être jamais ma famille. Je ne me considère pas comme fragile, puisque je suis déjà brisée.

— Tu dois être forte, Kara, sortir la tête de l'eau, ils ne sont pas tous comme ce Tonio !

— Tu sais, Brigitte, ce que j'ai appris jusqu'à présent, c'est que les hommes sont démonstratifs face à une poitrine généreuse ou à une belle bouche. On finit par se taire, on pense que l'amour effacera tous les problèmes, et l'on s'étonne que rien ne change. On dit « *je t'aime* » alors que ces mots sont désormais vides de sens. Je vois même des clients appeler leur femme après m'avoir fait l'amour. J'embrasse des quantités de crapauds baveux sans jamais espérer que l'un d'eux se transformera en prince. Il faut savoir jongler entre arrangements louches et transactions honnêtes, contrefaçons et garanties bidon. Des cautions sont versées à Ursula pour réparer d'éventuels dégâts, mais aucune sanction n'est prévue. Il y a de bonnes journées, des mauvaises journées et des journées correctes, enfin, on doit faire avec. Brigitte, as-tu remarqué Lolita, le numéro huit, elle n'est pas très sollicitée, pourtant elle est très belle, mais elle s'en accommode. Je la sens même un peu soulagée de ne pas être choisie plus souvent. Peut-être que les hommes ne la sentent pas vraiment motivée et préfèrent coucher avec quelqu'un d'autre. En plus, elle a très peu de poitrine, encore moins que moi.

— Ne pleure pas Kara, je suis ton amie, tu peux avoir confiance en moi. Je n'ai non plus pas envie d'accumuler les rendez-vous avec tous ces pervers. Dans cette prison, j'ai la désagréable impression d'être une coquille vide, d'être étrangère à mon corps.

— Brigitte, il faut que je t'avoue que le sexe demeure quelque chose d'obscur pour moi. J'ai beau passer la journée à baiser, l'angoisse me dévore. Je gémis, je bats des cils, je glisse langoureusement sur le lit, j'embrasse passionnément, mais je reste un fantasme usurpé.

Il m'arrive parfois de ressentir quelques frissons, mais sans plus.

— Kara, tu dois rester positive ! Tu incarnes la prostituée parfaite. Attention, je ne te dis pas ça pour te rabaisser. Tu vends tout ce que les hommes recherchent, tu dégages quelque chose qu'ils veulent découvrir. Tu dis exactement ce qu'on veut entendre, tout en paraissant sincère. Tu as des gestes tellement tendres, que tu donnes l'impression aux types les plus complexés d'être désirables. On pourrait passer des heures à te confier les secrets les plus intimes.

Je ne suis pas à l'aise, je jette un rapide coup d'œil vers la porte avant de continuer, je parle vite, d'une voix étouffée.

— Tu es adorable, Brigitte. Mais tu t'imagines, ça fait une éternité que je suis ici, tout comme toi. Je ne vais pas supporter ce rythme bien longtemps, c'est soit m'enfuir ou me flinguer. Le temps file à toute vitesse. Des mois que des hommes apparaissent dans ma vie pour en ressortir aussitôt. Je garde les mêmes valeurs, les mêmes priorités qu'avant et je n'ai qu'un seul fantasme : coucher un jour avec un seul homme sans m'y sentir forcée. Je veux connaître l'orgasme qui me donnera l'impression que le monde s'arrête de tourner. Je veux prendre conscience de mon corps, de mon identité et les réconcilier.

Brutus

Octobre 1989
J'ai une totale confiance en Brigitte, de fil en aiguille, j'ai commencé à lui parler de ma vie, de mon enfance, de la disparition de mes parents, de mes grands-parents, de la Russie, de mes parents adoptifs, de ma demi-sœur Lola, de mon frère Dimitri. Je n'ai pas souri ni fondu en larmes. S'enfuir ! j'y pense de plus en plus, Brigitte me l'a déconseillé, mais c'est plus fort que moi, il faut essayer coûte que coûte, quel qu'en soit le prix à payer. Je dois y réfléchir, je prendrai le temps qu'il faudra et je trouverai une solution.

Je continue mon esclavage. Âpre au gain, sans relâche, je reçois des clients, je dois partager avec Ursula la maquerelle, mais je suis encore bien loin d'avoir économisé l'argent de la villa rêvée. Je ne sais pas combien de temps je tiendrai. Combien de temps à mener cette foutue existence avant d'obtenir la réalisation de mes désirs ? L'amertume me ronge, je pense toujours à mes proches. Je désespère.

Aujourd'hui, j'ai un nouveau client, un dénommé Brutus.

— Combien tu pèses, me demande-t-il ?
— Quarante kilos.
— Ah ! Je t'en aurais donné trente-cinq.

Cette remarque me flatte, signe que je suis vraiment malade et en phase terminale. Si les prostituées étaient payées au poids, je serais certainement la moins chère, peut-être même que je serais gratuite. Ma poitrine a disparu et je n'ai plus mes règles. J'oublie que le moindre mouvement n'est pas censé donner lieu à une lutte sans merci. Certains jours, j'aimerais une fois pour toutes, ne plus m'affamer, ne plus vomir cette souffrance qui me vrille l'estomac, m'alléger encore et encore. J'aimerais croire que l'issue sera positive et que je finirai par me pardonner et être fière de moi. Je veux oublier que certains hommes sont assez pervers pour exiger que je chante une comptine, tandis qu'ils arrachent mes vêtements. Je ne veux plus jamais sentir le goût amer du sperme ni avoir à chasser un salaud qui essaie de retirer son préservatif en douce. Le bonheur n'est pas encore au rendez-vous et la folie me gagne jour après jour, un peu plus... La nuit, je rêve de ma Russie natale, de ma petite sœur Lola, de mon frère Dimitri, de ma chambre douillette, de leur merveilleuse cuisine, un bon poulet rôti cuisiné par Nikita et des gâteaux savoureux comme seul Stépan sait les faire.

Ce Brutus n'est pas comme les autres, il vient simplement se faire masser et discuter un peu. Il me caresse l'annulaire gauche en disant :

— Un jour, tu trouveras l'homme de ta vie, un

homme riche qui glissera une alliance à ce magnifique doigt. Alors tu pleureras de joie et tu riras. Puis tu quitteras définitivement ce milieu et tu nous manqueras terriblement.

Brutus est mon dernier client. Il a été gentil et délicat. Les autres sont rentrés chez eux et ont retrouvé leurs maisons, leurs femmes, leurs enfants, leur vie. Je me demande ce qu'il adviendra de moi si, un jour je décrète que j'ai couché avec un nombre incalculable d'hommes ! Quelle expression aurai-je sur mon visage ? Quel son aura ma voix ? J'espère que l'élu de mon cœur comptera cent fois plus que tous ces sadiques.

J'aimerais me réveiller un matin et comprendre pourquoi un homme viole une femme ou un enfant, et pourquoi il est impossible, quand on subit de tels agissements, de continuer à vivre comme si de rien n'était. Chaque victime espère être la dernière et nous nous détestons, car nous ne trouvons pas le courage de dénoncer notre agresseur, nous nous méprisons d'être faibles. Je me demande pourquoi je gâche ainsi ma vie, alors que je ne suis nullement responsable de ce qui est arrivé. Cependant, je sais que pour me projeter dans l'avenir, il faut oser ouvrir les yeux, les mots ont l'écho qu'on leur prête. J'ai parfois l'impression d'évoluer sur un tournage de film, un peu glauque, entre acteurs repoussants et femmes blasées, fellation et tétons mordillés, dialogues ridicules et billets de banque. Je me méprise de coucher avec des hommes pour la plupart antipathiques, laids, qui ont mauvaise haleine, qui embrassent goulûment, qui se collent à moi trempés de sueur, qui pétrissent mes petits seins et me donnent des ordres, pensant ainsi me dominer. Être traitée comme un morceau de viande n'a rien de gratifiant. Si seulement je pouvais disparaître dans le paysage, passer inaperçue, être invisible.

J'aimerais être ailleurs, m'évanouir dans la brume. Loin de cet enfer, loin de ces salauds. Chaque nuit, je parle à mes parents, je murmure des bribes inaudibles. Avec des mots simples et parfois rudes. Je sais ce que c'est la mort, je l'ai vue de près quand j'ai perdu ma famille, c'est laid et définitif. Voilà ce que je peux dire de la mort, mais je me demande parfois si ce n'est pas aussi un chemin vers la liberté. Jusqu'à présent, j'ai eu de la chance concernant mes clients, à part quelques mauvais bougres pressés de tirer leur coup.

Je survis chaque jour qui s'écoule en me racontant des histoires, en partageant des moments complices avec Brigitte. En amour ou en amitié, rien n'est plus important pour moi que la sincérité.

La forêt d'El Yunque

Une brume enveloppante glisse sur La Havane. Cinq jeunes randonneurs et leur guide visitent la forêt d'El Yunque située dans la sierra de Luquillo sur l'île de Porto Rico, nommée ainsi par une divinité Taino, qui signifie «*forêt de nuages*», unique en son genre avec sa flore et sa faune, son paysage à couper le souffle, ses cascades, ainsi que de nombreux chemins de traverse de tous niveaux.

Le contour des collines se profile à l'horizon. Autour, les parfums mélangés du bois sont adoucis par l'humidité de la nuit qui remonte le long des vêtements des jeunes gens, qui glissent froidement sur leur peau. Claire, Monia, Anthony, Fred, Greg et Maxime suivent leur guide Paolo. Ils arrivent dans un sentier qui débouche sur une clairière, entourés par de magnifiques perroquets. Ils font une pause sandwich et apprécient la beauté de l'endroit.

Après s'être restaurés, Paolo et les jeunes gens reprennent la route, Paolo s'enfonce dans une végétation de plus en plus touffue, le long d'une pente progressivement plus raide. Le groupe se concentre pour le suivre.

Claudio, un ami de Paolo, est aussi en balade dans la forêt avec son fidèle compagnon Zeus, un solide berger allemand. Arrivé non loin d'une cascade qui sublime l'environnement, le chien se met à aboyer et à creuser. Il devient comme fou, il a flairé quelque chose. Contrairement aux chiens de pistage renifleurs, Zeus ne suit pas une piste, mais recherche l'odeur humaine dans les alentours, il a donc la meilleure option pour localiser les victimes qui peuvent être enterrées n'importe où dans la zone sinistrée. Puisqu'il ne suit pas une piste, Zeus ne recherche pas le nez au sol. Au lieu de cela, il pointe le nez vers le haut et renifle. De cette façon, il parvient à capturer l'odeur émise par les humains. Claudio l'a éduqué pour retrouver des cadavres, il laisse faire le chien. Zeus adore creuser et jouer et là, il s'en donne à cœur joie. Soudain, Claudio voit l'impensable, une main humaine sort de terre.

Paolo et son équipe ne tardent pas à le rejoindre, le but de l'excursion des jeunes touristes est le point culminant de cette magnifique cascade.

— Salut, Claudio ! Quel bon vent t'amène !

— Salut, Paolo, je fais visiter la forêt à ces jeunes gens comme tu vois !

— Mon Dieu crie Paolo ! Quand il voit la main couverte de terre.

L'adrénaline jaillit dans tout son corps et son pouls résonne à ses oreilles. Les deux hommes laissent quelque temps les jeunes touristes stupéfaits, choqués par ce qu'ils viennent de découvrir. Claire et Monia sont en pleurs.

Zeus ne tient plus en place, il n'arrête pas d'aboyer. Claudio appelle la police pour signaler la découverte macabre. Une demi-heure plus tard, deux hélicoptères font vibrer leurs larges ailes en évitant les pièges de la forêt. Au-dessus des pilotes, un ciel de velours, au-dessous, une immensité de vert, de bois, très dense. Le pilote du premier hélicoptère se tourne vers son coéquipier et indique devant lui une clairière suffisamment large pour pouvoir s'y poser. L'engin vire dans cette direction. Ils atterrissent au bout de dix minutes. La police scientifique, l'inspecteur en chef Lavril et les agents spéciaux descendent de l'appareil, il y a aussi le professeur Bern, accompagné du médecin légiste Joshua Privas.

— Bienvenue, messieurs, affirme Paolo, Dieu soit loué !

— Heureux de vous voir, fait Claudio à haute voix ! Bonjour docteur ! Bonjour professeur ! désolés de vous rencontrer dans de pareilles circonstances.

Les agents spéciaux Cris Karl et Levis Monchaux, l'inspecteur Herbert Lavril, le commandant Basile Clarc, le capitaine Léonard Lefort, le professeur Brice Bern, le médecin légiste Joshua Privas et la criminologue Julia Kevlar font connaissance.

— Bonjour, répondent les lapins blancs en combinaisons de travail.

— Messieurs, dites-nous de quoi il s'agit. Quelle est l'urgence de cette affaire ?

— Venez ! Fait Paolo, je vous explique en chemin.

Ils s'engagent sur un sentier accidenté, laissant derrière eux les hélicoptères. La brume s'évanouit, dévoilant la cime des collines.

— Nous sommes tous choqués par ce que nous venons de découvrir, grâce à mon fidèle Zeus, qui a fait du bon travail une fois de plus. Il faut que vous voyiez ça de vos propres yeux.

Arrivés sur les lieux du drame, la police scientifique encercle la zone, Julia enfile ses gants et prend des précautions pour identifier la main qui sort de terre. D'emblée, elle sait que c'est la main d'une jeune fille. Les policiers appellent de suite les hommes en blanc pour examiner le terrain et voir s'il y en a d'autres.

Un autre hélicoptère vient d'arriver pour rapatrier le groupe de jeunes venu en excursion avec Paolo. Ils ont tous la mine dépitée, ils se faisaient une joie de cette balade dans la forêt préparée des mois à l'avance. Aujourd'hui, ils sont heureux de pouvoir rebrousser chemin, encore sous le choc de cette scène d'horreur. Leur curiosité et leur excitation de prime abord laisse place au dégoût, à la peur et à la nausée.

Une dizaine d'hommes se mettent à creuser la surface, munis de pelles et d'ustensiles pour débarrasser délicatement la terre du premier corps retrouvé. Ils examinent les lieux, les reliefs, ils cherchent des indices. Quelqu'un a l'idée de continuer à creuser plus loin. Un deuxième corps féminin apparaît ! Puis un troisième, un quatrième et un cinquième. Ils travaillent d'arrache-pied. Ils ne savent pas encore combien il y en a sous terre. Certains passent les touffes d'herbe au crible, d'autres photographient et cataloguent chaque pièce avec soin. Leurs gestes sont précis, calibrés, hypnotiques, enveloppés dans un silence sacré.

— Combien fait Julia ?

La criminologue fixe les policiers d'un air interrogateur.

La réponse arrive :

— Six.

Claudio est resté quelques minutes à discuter avec Herbert Lavril. Zeus est sur des charbons ardents. Traumatisé par la scène qui se déroule sous ses yeux, et après avoir salué l'équipe, le jeune guide s'en va avec le groupe de touristes.

— Quelle est votre opinion, demande Lavril à Julia Kevlar ?

— Il faudra les identifier, répond Julia, et aussi prévenir leurs familles.

— Professeur Bern ! continue-t-elle. Selon vos premières constatations, depuis combien de temps sont-elles là ?

— Hum ! Je dirai trois à six semaines tout au plus, car les chairs sont encore dans un état de conservation passable pour certains corps, sachez qu'elles n'ont pas toutes été enterrées en même temps, c'est irréfutable. Ils acquiescent.

— Le professeur continue : il y a fort à parier que ces meurtres ont été réalisés par plusieurs personnes, elles ont agi en toute sérénité. Ce sont des bourreaux sans compassion, des malades mentaux, des sadiques, ces jeunes femmes ne représentent que de vulgaires morceaux de chair pour eux.

— Professeur ! Professeur ! Crie un homme en blanc, nous avons trouvé une septième victime ! Venez voir ! Vous aussi, docteur, et vous, madame Kevlar !

Ils se rendent sans plus tarder sur les lieux et découvrent la septième jeune fille, elle est très jeune à peine quatorze ou quinze ans, elle gît, recroquevillée, ses beaux cheveux roux et ternes sont étalés dans la lumière froide, elle a des taches de rousseur presque invisibles sur une peau cireuse et bleuie. Son tee-shirt relevé expose la chair livide du ventre et du dos, elle ne porte rien d'autre. Sur son bras gauche, il y a un numéro, suivi d'un tatouage qui représente une rose bleue. Ils contemplent le corps dénudé de la petite, elle est encore anatomiquement intacte.

— Elle peut nous apporter des indices précieux pour l'enquête, précise le médecin légiste, je vais commencer par examiner cet enfant en premier.

Après avoir enfilé la panoplie de cosmonaute, le docteur Privas et le professeur Bern se mettent au travail. Au même moment, un membre de la police scientifique en combinaison blanche s'approche d'eux et s'adresse directement au professeur avec une expression confuse sur le visage.

— Professeur, venez voir : il y a une autre jeune fille qui a un marquage identique à celui retrouvé sur cette septième victime, un numéro et une rose bleue. On a aussi vérifié les autres dépouilles : elles devaient également avoir le même dessin et un numéro, mais sur ces pauvres filles, le tatouage a été effacé, brûlé, certainement avec de l'acide, ce qui a provoqué une exfoliation chimique.

— Merci de votre aide précieuse, s'enquit le médecin légiste.

— C'est une énigme supplémentaire, soulève Julia.

— Alors qu'en dites-vous, demande Lavril ?

— La cause de la mort pour la plupart des jeunes filles est due à une strangulation avec une cordelette ou un fil quelconque, dit Privas. La dernière petite a reçu une balle à bout portant. Je peux affirmer qu'elle est enterrée depuis, disons, deux ou trois jours. C'est une certitude.

— Des traces d'agression, de viol, ou autre docteur ?

Le Professeur acquiesce.

Il regarde les hommes de la police scientifique en combinaison blanche qui s'affairent dans ce cimetière à ciel ouvert. La terre ne rend que des corps en décomposition, mais l'origine du mal se trouve bien avant ce temps suspendu et irréel.

— D'après l'analyse de la PCR, répond le professeur Bern, ce sont de jeunes femmes blanches, âgées pour la plupart entre quinze et vingt ans.

— Comment les corps sont-ils arrivés ici, docteur, questionne l'inspecteur Lavril ?

— Ces jeunes femmes ont été enterrées dans cet endroit, mais ont été tuées ailleurs, c'est irréfutable. Tous les corps ont été retrouvés dans la position du fœtus. Ce malade a soigné son tableau de chasse. Dans cette forêt, il se sait à l'abri, il a pris tout son temps pour peaufiner son travail. Ce sont ses trophées. Il peut revenir quand il en éprouvera le besoin.

— Ça veut dire qu'il va revenir, lance Basile Clarc. On pourra enfin attraper ce putain de salaud !

— Oui, commandant, il y a de fortes chances pour que ce malade revienne voir ses trophées.

Des hélicoptères ont balayé la zone, des dizaines d'agents à pied ont scruté la forêt et ses alentours, les flancs abrupts, les plateaux. Des plongeurs ont fouillé le lit de la rivière toute proche, exploré tous les obstacles, souches, troncs d'arbres, susceptibles de retenir un corps à la dérive. Les policiers de l'identité judiciaire et la criminologue mettent leurs mains gantées sur les éléments de preuve, ramassant fibres, cheveux, particules, fragments, relevant des empreintes, photographiant et filmant tout jusqu'aux personnes présentes. Ils ne bougent pas les corps, pas question d'interférer dans le travail du médecin légiste. Bern fait ses préliminaires et s'enveloppe dans ses multiples couches isolantes, au bout d'une bonne heure, il remonte enfin la dernière fermeture éclair de la housse en plastique.

— Voilà, fait-il : sept colis bien emballés à envoyer rapidement à la morgue !

L'équipe quitte la clairière et reprend le chemin vers les hélicoptères. Les estomacs sont creux, les regards pensifs et fatigués.

— Quelle affaire sordide, un vrai sac de nœuds ! dit Julia. Qu'en pensez-vous, Herbert ? Ils vont encore le faire ! Ils vont encore tuer !

Julia veut qu'on la contredise, mais personne n'a de réponse. Et, même s'il y a une opinion sur le sujet, l'inspecteur ne peut la traduire en termes humainement acceptables, la cruauté de devoir se partager entre la pensée de ces morts atroces et le désir cynique que les assassins frappent à nouveau.

Tout le monde le sait. La seule possibilité d'attraper ces monstres est qu'ils ne s'arrêtent pas de tuer.

— L'inspecteur Lavril reprend la parole : avec les corps de ces jeunes filles, au moins leurs familles pourront avoir un enterrement et une tombe sur laquelle pleurer.

Comme à son habitude, Lavril a renversé les termes du problème, en le présentant de façon plus correcte. C'est la répétition générale de ce qu'il va dire à la presse, pour adoucir l'histoire au bénéfice de son équipe. D'abord le deuil, la douleur, pour gagner du temps. Ensuite, l'enquête et les coupables. Julia sait bien que l'opération ne réussira pas, que les journalistes vont dépecer l'histoire en l'agrémentant de tous les détails les plus sordides. Et surtout, qu'à partir de ce moment-là, plus rien ne leur sera pardonné. Tous leurs gestes, toutes leurs paroles prendront la valeur d'une promesse, d'un engagement solennel. Lavril est convaincu de pouvoir tenir les médias en respect, en leur lâchant petit à petit ce qu'ils veulent entendre. Julia, méfiante, laisse à l'inspecteur-chef sa fragile illusion de contrôle.

— Je crois qu'on doit donner un nom de groupe à ces types... Avant que la presse ne s'en charge, dit le professeur Bern !

Ils sont tous d'accord. Comme tous les criminologues qui travaillent pour la police, Julia a ses méthodes. Avant tout, attribuer des traits aux criminels, afin d'humaniser des visages encore abstraits et indéfinis.

En effet, devant un mal aussi féroce et gratuit, on tend à oublier que les auteurs, tout comme la victime, sont des personnes avec une existence souvent normale, un travail et parfois aussi une famille. Personne ne peut s'imaginer qu'en réalité, l'ère de la peur vient de commencer.

— Quelqu'un essaie de dresser un portrait psychologique, dit Julia !

La criminologue se surprend à écouter le son de sa voix. Elle s'est juré de ne pas se laisser impliquer, mais, pendant un instant, son instinct de chasseuse a repris le dessus. Les policiers interprètent cette petite concession comme un point en sa faveur et s'empressent de lui répondre :

— La quantité de traces qu'ils ont laissées derrière eux, et qui les incriminent sans l'ombre d'un doute font penser à des sujets désorganisés qui ont agi sous le coup d'une impulsion... Ce sont des êtres froids, impassibles, contrôlés... et sadiques, on pourrait croire qu'ils ont tout prévu depuis le début et que, pendant qu'on essaie d'y comprendre quelque chose, ils se moquent de nous.

L'unité d'investigation pour les crimes violents, dirigée par l'inspecteur-chef Herbert Lavril, met tout en œuvre pour démêler cette histoire. Depuis la découverte macabre, les recherches ont démarré en grande pompe. On a lancé des appels à la télévision, parlant d'un ou plusieurs maniaques, peut-être une bande. En réalité, il n'y a aucun élément pour formuler une hypothèse de recherche plus poussée. La psychose monte.

La police a installé une ligne téléphonique spéciale pour recueillir des informations, même anonymes. Elle a reçu des centaines de signalements, il faudra des mois pour tout vérifier. Les policiers savent que les disparitions ont eu lieu dans des lieux différents, et que les corps ont été tués dans des endroits différents. Les polices locales n'arrivent pas à se mettre d'accord sur la juridiction.

Julia Kevlar, la criminologue, a saisi un sens symbolique, à la fois petit et important. Ce que les autres n'ont ni vu ni senti. Les détails, les contours, les nuances. L'ombre autour des choses, l'aura sombre dans laquelle se cache le mal. Tous les assassins ont un « *dessein* », une forme précise qui leur procure de la satisfaction, de l'orgueil. Le plus difficile est de comprendre leur vision. C'est pour ça que Julia est là. C'est pour ça qu'ils l'ont appelée. Pour qu'elle repousse ce mal inexplicable à l'intérieur des notions rassurantes de la science.

L'autopsie

L'autopsie des jeunes filles retrouvées dans la forêt d'El Yunque doit se faire vers neuf heures. L'inspecteur Herbert Lavril, le commandant Basile Clarc et le capitaine Léonard Lefort y sont conviés.

Quand ils arrivent au sous-sol de la morgue, le travail vient tout juste de commencer. Le professeur Bern, la criminologue Julia Kevlar, le médecin légiste Privas et son assistante sont présents. Ils adressent un bref « bonjour » aux policiers. Trois premiers corps nus sont allongés sur des tables en aluminium qui étincellent sous les néons. Privas coupe, examine et pèse sous l'œil attentif des autres. Son assistante le seconde, pinces, ciseaux, scalpels... La mutilation des corps et l'odeur de la décomposition avancée sont pénibles à supporter. Lavril et les autres policiers se tiennent en retrait afin de ne pas gêner l'autopsie. Les trois autres corps suivent, puis arrive le septième, celui de la plus jeune victime. Toutes les filles, sans exception, ont été étranglées avec une sorte de cordon, probablement recouvert de plastique, sauf la petite dernière qui a été étranglée, il y a des marques de doigts sur sa trachée, le tueur devait porter des gants, car il n'y a aucune empreinte. Il y a aussi une lame de couteau introduite dans son corps post mortem. Le tortionnaire lui a tiré une balle dans le crâne et le comble de l'horreur est que ce pourri de sadique, après l'avoir violée, lui a coupé le clitoris, le résultat de l'autopsie est formel, c'est une vraie boucherie.

Encore un enfant mort sur une table de dissection, pense Lavril.

Lorsqu'ils reviennent au commissariat, ils sont blancs comme des linges et nauséeux, ils ont des difficultés à reprendre leurs activités. Cette matinée chargée en émotions leur a scié les bras. Après plusieurs cafés revigorants, Lavril, installé dans son fauteuil rotatif, décide d'appeler son ami d'enfance Paul Prince. À ce jour, il est journaliste à New York, il a besoin de son aide et Paul aura son article. Lavril lit les articles de son ami presque tous les jours. L'inspecteur appuie sur la touche appel. Il a besoin d'entendre sa voix amicale. Et qui sait ? Son ami aura peut-être quelque chose pour lui...

Avec Paul, ils ont partagé le genre d'intimité forcée qu'engendre une collaboration sur des affaires difficiles. C'est la réalité : policiers et journalistes se retrouvent souvent à frapper aux mêmes portes en quête d'informations, ou cloîtrés dans les mêmes pubs, les mêmes tribunaux et les mêmes cantines. Pour certains officiers des forces de l'ordre, les journalistes sont une plaie et ils les font languir pour chaque élément. Paul, au contraire, est un journaliste généreux. Il sait raconter l'histoire et il est en général ravi de le faire. Il ne joue pas au malin. *« Coopérer est bénéfique à tout le monde, a-t-il affirmé une fois. La police profite de la publicité nécessaire à l'enquête, ainsi qu'un peu de reconnaissance pour le travail accompli ; et moi, j'ai mon article. Et je mérite cette reconnaissance ».*

Paul sait que son ami se tue à la tâche pour obtenir des résultats. Il l'a vu de ses propres yeux. Dix ans plus tôt, dans l'affaire Mona Caron : Lavril a passé chaque seconde à chercher la petite fille de trois ans, disparue, à penser à elle. Il a aussi confié à Paul avoir rêvé d'elle. Quand il a cherché à découvrir l'identité du bébé dont le squelette a été retrouvé dans un champ de blé, Paul a répondu présent. Rien ne l'y obligeait, mais Lavril a pu compter sur lui. Ils forment depuis toujours une bonne équipe. Bien sûr, la contrepartie, c'est que Paul en sait beaucoup trop sur lui. Il a tendance à lui confier plus qu'il ne devrait parfois, mais il a pleine confiance en lui.

Le téléphone de Lavril sonne.

— Herbert ! s'exclame la voix d'un ton vif qui le fait sursauter.

— Ça alors, Paul ! J'allais justement t'appeler. On a dû penser l'un à l'autre au même moment.

— Dans ce cas, je t'écoute mon ami.

— Paul, tu pourras peut-être m'aider sur une enquête en cours. Trois jeunes filles qui ont participé à la Fashion Week de New York sont portées disparues depuis des mois. Deux Américaines, Jess Brad, Marion Tuner et une Russe Kara Bredjasky. Leurs familles sont sans nouvelles et surtout, les filles n'ont plus téléphoné, le dernier appel de la fillette prénommée Kara date de février 1989, il semblait suspect, sa mère l'a sentie angoissée, elle l'a trouvée étrange. Les parents sont très inquiets. Il est probable qu'elles fassent bientôt surface avec une bonne gueule de bois, mais un article pourrait les faire sortir du bar dans lequel elles ont pris racine. Bref, j'ai pensé à toi Paul.

— Bien sûr. Comment puis-je t'aider ? Quel âge ont les filles ? Est-ce qu'il y a des photos ? Puis-je m'entretenir avec les parents ?

— Bon sang, Paul. Ralentis. Elles ont dix-sept ans, leurs familles vivent à Moscou et à New York. Je t'enverrai toutes les infos dès qu'on aura raccroché.

— Super Herbert.

— Paul, vas-tu sortir un communiqué de presse ? Je suis obligé de te poser la question.

— Oui, bien entendu, je compte le faire dans la foulée pour le service.

— Peux-tu m'accorder au moins trois heures d'avance ?

Silence radio à l'autre bout de la ligne. Herbert Lavril patiente pendant que Paul prend le temps de réfléchir.

— Bon, allez, j'accepte. Je vais leur demander d'attendre après le déjeuner, vers 14 heures, pour le publier.

— Formidable. Merci, Paul.

— Oui, bon... Très bien, Herbert, envoie-moi tout ce que tu as sur les trois jeunes filles disparues ; je suis sûr que je peux inclure un article dans la prochaine édition.

Paul ouvre son ordinateur et consulte ses messages. Sa boîte de réception est pleine. Il a déjà fait le tri dans les e-mails reçus, il y a à peine une demi-heure et déjà une douzaine d'autres sont arrivés. Beaucoup de pubs comme toujours. Le rédacteur en chef lui a ressorti une de ses anciennes colonnes tout à l'heure. Il a dû la laisser au fond d'un tiroir. Il veut qu'il la mette à jour pour l'inclure dans la prochaine édition. Il faut qu'il vérifie que personne n'est décédé entre-temps. Paul supprime les messages offensants et vérifie machinalement s'il n'y a pas d'autres nouvelles.

— Le rédacteur en chef arrive.

— Alors comment allez-vous, Paul ? Avez-vous un scoop à balancer ?

— Eh bien ! Oui, Pierrick, j'en ai un ! On nous a signalé une enquête en cours qui piétine depuis 1988, la disparition de trois personnes. Trois jeunes filles, une qui vit à Moscou et les deux autres à New York.

— Une disparition ? Quel âge ? s'enquit-il aussitôt, tous ses sens en alerte. Quand est-ce arrivé ? Pourquoi ne pas m'en avoir informé sur-le-champ ?

— Elles ont dix-sept ans et elles ont disparu à New York après l'événementiel de la Fashion Week. Les parents sont très inquiets. Les gamines n'ont plus téléphoné depuis des lustres, je vais transmettre les infos à Interpol, mais, à mon avis, elles ont peut-être fugué et sont en train de bronzer sur une plage quelque part. Les veinardes.

— Oui, quelle chance. Bon, tenez-moi au courant s'il y a du nouveau.

Paul décoche un clin d'œil à Pierrick pour lui faire savoir que tout va bien. Un peu plus tard, il rappelle son ami Herbert Lavril.

— Herbert, comme convenu, je te tiens informé. Voilà, mon boss est au courant. J'ai briefé le service de presse au sujet des filles, mais il faut que je te dise qu'une campagne a déjà été lancée sur les réseaux sociaux. C'est la famille de la petite Russe, les Bredjasky qui s'en occupent.

Lavril fait la grimace. Quoi ? Comment ? Les réseaux sociaux, quelle barbe, il ne manquait plus que ça !

— C'est une bonne idée, tu sais Herbert, les réseaux sociaux, c'est ce que suivent les gosses qui pourraient être assis dans un bar à côté des jeunes filles.

— Oui, Paul, eux et tous les types bizarres ou en quête de gloire, ceux qui vont feindre de compatir ou prétendre les avoir vues, juste pour participer. Ensuite viendront les médisants qui accuseront les parents d'avoir laissé leur enfant voyager seul, et qui traiteront les filles de garces. Bon sang, qui a donné la parole à ces gens-là ? Au moins, avant les réseaux sociaux, on n'était pas obligés de les entendre débiter toutes ces horreurs. Ils restaient au chaud dans leur quartier ou leur salon pour cracher leur venin.

— Bref... Intervint Paul. Affaire à suivre...

— Oui, faisons ça, mon ami. On se recontacte plus tard.

Paul consulte les rapports sur son écran, l'esprit ailleurs. Il se recule dans son fauteuil, tend les bras pour s'étirer, puis les lève et les croise sur sa nuque. Il a des douleurs au bas du dos et n'arrive plus à s'extirper de son siège sans qu'un grognement lui échappe. Il se sent vieillir. Il tente de focaliser son esprit sur les mots affichés à l'écran, il touche le clavier pour le réanimer et la photo des trois jeunes filles apparaît.

Il a reçu les fichiers d'Herbert et a téléchargé les images des filles disparues ainsi que le lien des réseaux sociaux, page créée par Nikita et Stépan.

Paul contemple leurs visages puis pousse un soupir. Il clique et se met à lire, en commençant par la dernière publication de Kara et l'e-mail qu'elle a envoyé à ses parents.

Où sont-elles ? Il appellera Herbert tout à l'heure pour l'informer. Histoire de faire avancer les choses.

Le rendez-vous

Il est minuit à Baracoa. La sonnerie du réveil me tire d'un profond sommeil. Pendant quelques secondes, je ne sais plus la raison pour laquelle je dois me lever en pleine nuit. J'ai la bouche sèche et la tête lourde. J'ai été droguée, je me traîne jusqu'à la salle de bains et j'asperge mon visage d'eau froide. Aussitôt, la mémoire me revient.

Cette nuit, j'ai un rendez-vous organisé par Ursula à Puerto Cortes avec un riche client qui m'a remarquée. C'est une première sortie pour moi à l'extérieur de la prison, Marco me conduira, je dois me rendre dans un des bars de la ville, afin de me prostituer. Dix minutes plus tard, habillée, je quitte ma chambre pour la chaleur moite de la nuit cubaine. La route qui relie Baracoa au centre-ville de Puerto Cortes est défoncée par les pluies torrentielles de ces derniers jours. Elle longe un marché typiquement cubain, qui est devenu au fil des jours le cauchemar de tous ceux qui doivent le traverser. Les étals en tout genre ont peu à peu empiété de façon anarchique sur la chaussée, au milieu de laquelle une foule bruyante se bouscule et s'interpelle dans le plus grand mépris des véhicules. À ce désordre se mêlent les autocars bringuebalants et les tas de ferraille qui tiennent ici lieu de voitures. Les voyageurs s'entassent les uns sur les autres, à l'intérieur comme à l'extérieur. Les conducteurs ignorent le Code de la route, s'arrêtent quand bon leur semble pour charger ou décharger personnes et marchandises, ou tout simplement pour discuter ou se disputer avec un passant. Ajoutant au pittoresque, des carcasses de voitures laissées à l'abandon au milieu de la route provoquent des embouteillages qui peuvent durer des heures. Mais, dès vingt-trois heures, la route est totalement déserte, il n'y a plus âme qui vive.

Nous traversons la ville jusqu'au bar en quarante-cinq minutes sans rencontrer âme qui vive. Marco est au volant de la vieille Chevrolet qui s'enfonce dans l'obscurité. Les fenêtres sans vitres d'immeubles partiellement détruits, sont éclairés par la lumière des phares qui projettent des ombres menaçantes. Puerto Cortes semble à des années-lumière de toute civilisation. Çà et là, quelques points lumineux percent les ténèbres, grâce aux générateurs de quelques compagnies et particuliers aisés. Le reste de la population s'éclaire à la bougie. Ceux, du moins, qui en ont les moyens !

Arrivée au bar, je ne peux m'empêcher de regarder les filles à la dérobée et la tête du barman qui se meut derrière le haut comptoir. Il distribue les bouteilles que les gens raflent en silence. De ces petites mains courtes, il en emporte plusieurs à la fois, telles des gerbes de fleurs. Au milieu d'une quinzaine de jeunes filles vêtues à l'identique : petites tenues et longs déshabillés soyeux aux tons roses, coiffures apprêtées, maquillage sophistiqué. L'une d'elles me fascine tout particulièrement. Son rire léger survole les tables. La jeune fille se sent dévisagée, elle se dirige vers Ursula, se présente et explique les règles des clients, elle leur apprend qu'elle appartient à un homme prénommé Pablo et qu'elle doit lui obéir.

À l'étage, des couloirs sombres et étroits conduisent dans différentes directions, salle d'eau avec douche, chambres ; sur les portes sont fixées de petites plaques émaillées portant des inscriptions à moitié effacées. Dans une chambre ouverte, on peut voir une jeune fille cramponnée sur une chaise en bois, elle attend que quelqu'un lui rende l'envie de vivre ; dans ses yeux on lit une confiance tellement profonde qu'on la croirait prête à se confesser.

Dans une pièce séparée, Ursula commence à me préparer. Il y a là une chambre gigantesque avec un grand lit aux draps bleus qui possède une salle de bains attenante. L'endroit est confortable, sans plus, mais comble du raffinement dans cette partie du monde, il y a de l'électricité et de l'eau quasi potable. Je regarde par la fenêtre de la chambre, de temps à autre, apparaissent au détour d'une rue de frêles silhouettes de jeunes femmes largement dévêtues dont le regard s'éclaire au passage des voitures. Ces gamines ont encore les rondeurs de l'enfance. Elles arborent de petits hauts échancrés sur des seins fermes, tandis que leurs jupes très courtes dévoilent des jambes longues et fines. Tout en elles, déjà, appelle à la luxure. Elles n'ont probablement pas plus de quinze ou seize ans. Elles penchent leur frimousse enfantine aux portières et s'adressent aux conducteurs avec un sourire enjôleur.

J'entends la voix d'un homme parler à l'une d'entre elles : « *Sois gentille et demande le prix fort, sinon gare à toi !* » Imperturbable, le travailleur du sexe poursuit : « *C'est dix-huit dollars la passe. Et huit dollars la pipe, pas un dollar de moins !* »

Mon visage a changé de couleur quand je me suis penchée pour observer. Pour toute réponse, Ursula qui vient d'arriver dans la chambre, m'a surprise et a pointé le doigt en me disant : « *C'est son boss, il ne faut pas t'en mêler !* »

Je ne m'attendais visiblement pas à ça. Je suis décontenancée. Je hoche la tête d'un air dubitatif, regarde Ursula deux secondes à peine et continue à me préparer comme si de rien n'était. Je suis une guerrière, une battante, et ils ignorent encore que la bagarre me stimule. Je décide qu'attirer des inimitiés est la preuve tangible que je dérange. Et, déranger, c'est une seconde nature chez moi. Les paroles de Nikita, ma mère adoptive, me reviennent souvent en mémoire : « *Il vaut mieux avoir des ennemis, c'est le signe que tu n'es pas transparente* ». Pour l'heure, une seule chose m'intéresse : localiser tous les endroits où les jeunes femmes servent d'esclaves sexuelles. Je sais déjà par les nombreux documents et les journaux que j'ai consultés avant de quitter New York que le trafic des êtres humains est un problème récurrent dans de nombreux pays.

L'heure de mon rendez-vous est proche, j'ai quitté ma longue robe contre une petite robe courte très sexy, je sais que je ne passe pas inaperçue. Un Portoricain d'une cinquante d'années, cheveux grisonnants, moustache bien taillée, petits yeux de fouine, bien mis de sa personne, grand et costaud s'approche de moi. Nous nous saluons brièvement, il s'appelle Prisco, Ursula donne son briefing sur le trottoir. Puis nous nous engouffrons dans une belle voiture noire et roulons lentement à travers un dédale de ruelles toutes plus sales les unes que les autres. Marco nous suit dans sa vieille Chevrolet et nous fait signe de nous garer. Nous nous dirigeons ensuite à pied, vers le lieu du rendez-vous.

Un minuscule panneau de bois porte la mention « *Restaurante and Bar* ». Nous pénétrons dans une grande salle enfumée, éclairée par une multitude de lampes multicolores de faible intensité qui diffusent une lumière étrangement bleutée. Au centre de la pièce, une barre verticale attire la gent masculine, autour de laquelle deux jeunes filles sont en train de s'enrouler lascivement... Une jeune blonde se trémousse autour de la barre, en affichant un sourire mécanique. Autant de signes distinctifs d'un bordel qui ne veut pas dire son nom. Ici, il y a, surtout, des hommes. De toutes les races, de tous les âges. Je balaie la salle du regard et repère sans peine une quinzaine d'adolescentes, toutes de race blanche, très dénudées et très maquillées. Certaines sont installées au bar, d'autres assises sur des sofas, protégées des regards par les croisillons qui séparent de petites alcôves tranquilles du reste de la salle. Occidentaux et Cubains sont lovés contre elles. J'ai remarqué que toutes ces filles avaient le regard éteint.

Nous nous installons dans une alcôve, suffisamment proches pour voir, suffisamment isolés pour ne pas être vus. Marco reste au bar. Prisco, pourtant fort occupé à contempler ces corps nus, se penche soudainement pour chuchoter à mon oreille et me dire que j'ai raison à propos de leurs yeux vides. Je suis heureuse qu'il ait ressenti ce malaise, car tout sonne faux dans ce bar. Mon regard se porte vers le comptoir, comme un radar. J'ai remarqué une femme aux cheveux auburn, comme passés au henné. D'origine arabe, dans la quarantaine, elle affiche une autorité de maîtresse des lieux. Elle n'a pratiquement pas quitté le bar depuis notre arrivée et elle discute avec Marco. Par deux fois, je l'ai vue ouvrir une porte située derrière elle, disparaître, puis réapparaître quelques instants plus tard. Je suppose l'existence de chambres à l'étage. Mais je n'ai aucun moyen de le vérifier, pour l'instant du moins. J'ai également remarqué deux autres portes, à gauche du comptoir. Après m'être excusée auprès de Prisco, je me dirige d'un air innocent vers la porte qui donne vers celle de l'étage. Bingo ! Avant que je n'atteigne mon but, la femme auburn se précipite à ma rencontre et s'interpose, me demandant ce que je cherche. Je lui réponds d'un ton timide que je dois me rendre aux toilettes. Son regard s'attarde sur moi, insistant. Elle se demande qui je suis. Finalement, Marco arrive et la rassure, elle consent alors à sourire et me montre l'endroit. À peine la porte refermée, j'aperçois une jeune fille, penchée au-dessus du lavabo, en train de vomir. Je m'approche d'elle doucement et lui demande en anglais si elle a besoin d'aide. La fille lève vers moi des yeux apeurés avant de répondre en français : « *Anglais, oui. Français un tout petit peu.* » Je m'approche encore, et lui dis d'un ton léger : « *Ça tombe bien, je parle français.* » Je l'observe avec attention. C'est encore une enfant. Je lui demande son prénom et son âge. « *J'ai treize ans et je m'appelle Yasmine.* » Elle a des larmes plein les yeux, je dois me retenir pour ne pas la prendre dans mes bras. Elle a très peur que quelqu'un nous surprenne en train de discuter. Elle sait que si elle déconne, elle en paiera le prix.

J'appuie de tout mon poids contre la porte, puis je lui demande tout bas ce qu'elle fait là. La gamine parle très vite. Si vite que j'ai du mal à la comprendre. Les mots s'emmêlent. J'en perçois quelques bribes : « *Kidnappée, violée, droguée, prostituée.* » Elle raconte son pays où les filles ne boivent pas, ne fument pas. Elle s'arrête pour reprendre son souffle, puis continue, elle parle si bas que je suis obligée de me pencher pour entendre la suite : « *Dans mon pays, les femmes doivent rester vierges jusqu'au mariage. Ici, on me force à boire, à fumer et à coucher avec des hommes. Et tu vois, je suis malade.* » Avec beaucoup de douceur, je lui demande où est son pays. Je sens qu'il ne faut surtout pas rompre le fil si fragile qui nous relie. Je ne dois surtout pas l'effaroucher. « *Je suis Tunisienne* », murmure-t-elle. Son petit visage enfantin s'est crispé. Elle s'est tue, enfermée dans un monde où je ne peux plus l'atteindre. Son regard ne me voit plus. Je lui tends la main, lentement, puis elle m'attire contre elle, maudissant la terre entière de

215

donner naissance à tant de salopards. Elle est totalement désarmée. Prise de court aussi. Confrontée à un appel à l'aide. Des pensées vertigineuses se bousculent dans ma tête. J'échafaude des plans : je peux la prendre par la main, là, maintenant, tout de suite, et sortir des toilettes avec elle. Oui, mais comment faire avec Marco et Ursula ? Et comment va réagir Prisco ? Et ensuite, où l'emmener ?

Yasmine a séché ses larmes et me dit qu'elle doit retourner au bar. Je ne cherche pas à la retenir. La petite Tunisienne sort, sa démarche est hésitante, encore toute nouée de chagrin, je me méprise de ne pouvoir agir. Dans ma tête, je jure que, si j'ai la chance de sortir vivante de ce guêpier, je les ferai tous tomber les uns après les autres, je suis déterminée à combattre ce fléau qu'est l'esclavage sexuel. Mais, cette nuit, je ne peux rien faire pour Yasmine.

Je reste de longues minutes dans les toilettes, le cœur serré, atterrée par mon impuissance. J'essaie de retenir mes larmes. Surtout ne pas penser à ce qui m'attend ce soir. Ni à mon avenir. Si j'en ai encore un. Je retourne dans la salle en m'efforçant d'être naturelle et je reprends mon siège près de Prisco le plus simplement du monde. Il a commandé du vin pétillant.

— Je commençais à m'impatienter !

— Je te sers une coupe, ma chérie !

— Oui, merci.

Nous échangeons un timide sourire et portons un toast. Je déguste le liquide frais et doré qui coule dans ma gorge. Prisco me cajole et m'entoure de ses bras puissants, il me rapproche de lui. Nous échangeons un baiser furtif. Je reprends une gorgée et j'observe l'environnement avec un peu plus d'intensité. Un gros bonhomme s'amuse à porter un verre à la bouche de Yasmine, qui est assise à son côté. L'alcool la fait tousser, je vois un sourire sur le visage de l'homme. Un sourire qui se transforme en rire lorsque le liquide coule le long du menton de la petite fille. Une rage froide m'envahit. Je fais le vide dans ma tête et me concentre pour ne rien laisser paraître.

À côté de Prisco, je suis concentrée et je garde mon sang-froid. Je suis en mesure de sourire à la personne que j'avais envie de tuer, consciente que, dans mon travail de prostituée, la prudence s'impose. Je joue le jeu et il me serre la main. Mais Dieu que c'est dur et s'il y a vraiment un Dieu, où est-il cette nuit ? Prisco est à la fête, il a commandé deux chili con carne et du vin rouge, et il commente l'allure des clients avec beaucoup d'impertinence et d'humour. Soudain, sa phrase reste en suspens : je suis bouche bée. « *Regarde le type, là, sur ta droite.* »

Je tourne la tête. Tout ce que je vois, c'est un homme laid, imberbe, plutôt gros et gras. Il est assis à côté d'une toute jeune fille blonde, qu'il tient par les épaules avec un air de propriétaire. Devant mon air placide, Prisco poursuit : « *Je le connais, ce type, c'est l'un des responsables du bureau des droits de l'homme de la mission à Cuba.* » Il en bégaie.

Le gros homme cherche à embrasser la jeune fille, qui tente de se dégager avec une moue de dégoût. La serveuse s'est approchée de sa table avec un sourire qui prouve qu'elle le connaît bien. Elle a posé sa main sur son épaule, lui chuchote quelque chose à l'oreille et laisse sa main descendre doucement le long de son dos. Mais l'homme a dû se sentir observé. Il tourne la tête dans notre direction, puis, sans un mot, il prend la jeune fille par le bras, se lève et s'enfuit à une autre table. Je suis sous le choc. Pendant quelques instants, je me borne à répéter bêtement : « *un responsable des droits de l'homme !* » comme pour me persuader que je n'ai pas rêvé.

Je balaie du regard la salle d'un bout à l'autre. Je repère les gamines, certaines sont installées sur des canapés, aux côtés d'hommes d'origine libanaise, âgés et ventripotents. Elles sont toutes outrageusement maquillées. À première vue, elles semblent originaires d'Ukraine, de Russie et du Maghreb. De temps à autre, la petite Tunisienne me regarde à la dérobée. Elle fuit mon regard, elle a honte. Je sais que ces fillettes sont toutes ici contre leur gré.

La piste de l'enlèvement avec séquestration est la plus plausible, elles doivent faire le tapin. La plupart d'entre elles se retrouvent le plus souvent dans des filières mafieuses de prostitution et là, c'est quasi impossible de les retrouver et encore moins de les libérer, car certains états sont réticents pour collaborer avec les autorités cubaines. Je sais que ces jeunes filles servent pour les hommes et aussi pour passer la drogue qui est acheminée grâce à elles. Un jour, Ursula était complètement saoule, elle m'a expliqué : « *On met un petit sac en plastique fourré dans leur sexe, quand elles ont leurs règles, c'est du gâteau, les chiens policiers ne sentent rien.* »

La plupart des filles sont importées comme du bétail, achetées par des maquereaux et, si l'une d'entre elles meurt d'une overdose, il suffit d'en trouver une autre, à un prix défiant toute concurrence. La plupart de ces malheureuses ne parlent même pas l'anglais et encore moins le français. On les achète ou on les enlève, elles s'accrochent à la came, elles se prostituent et, quand elles sont trop usées, on les envoie à la rue, sur les trottoirs, car elles sont trop déglinguées pour faire autre chose et celles qui ont le malheur de s'échapper ne reviennent plus. On ne sait pas ce qui leur arrive. Il arrive parfois que certains enlèvements aient pour seul but de soutirer une rançon conséquente à la famille et, dans les cas extrêmes, ils sont, hélas, plus dramatiques, car réalisés pour des motifs crapuleux, ils finissent presque toujours en viols et meurtres.

Je sors de mes pensées sordides. Le repas est copieux, je me régale. J'ai un peu trop bu, j'ai la tête qui tourne.

« Il y a des vierges qui sont toujours corrompues ; il y a des prostituées qui ont une innocence d'enfant. » Edmond Jaloux -1909

Chambre numéro 26

Prisco est reparti au bar commander une autre bouteille de vin pétillant. Assise dans mon coin, je regarde passer toutes ces jeunes filles. Pour cacher leur âge, elles se maquillent, se teignent les cheveux, mettent des vêtements de luxe et se perchent sur des hauts talons. Elles rêvent d'argent, de liberté. Mais je le sais, jamais leurs rêves ne se réaliseront, car demain, elles seront mortes.

La lumière tamisée me choque ; ces filles ont toutes le visage couvert d'un voile de fond de teint, une balafre rouge sur la bouche, une ombre sombre sur les paupières, les cheveux apprêtés, je les trouve laides, vulgaires. Mon regard balaie la pièce, je remarque un homme appuyé au comptoir de la réception qui déshabille une fille des yeux et cherche à croiser son regard pour lui faire comprendre ce qu'il a en tête. Son impudeur me met mal à l'aise. Cette fille est rousse, elle a de jolies jambes, longues et fines. Elle porte une jupe très courte pour les montrer. Une voix prononce son nom. Tout près. Très douce. La petite rousse se retourne, surprise. L'homme lui sourit. Il est beaucoup plus âgé qu'elle, mais pas déplaisant. Elle sautille sur ses échasses, en lui adressant un sourire éclatant.

Prisco a parlé à Ursula, il revient et dépose une bouteille de pétillant, il me demande gentiment si je veux prendre l'air. J'accepte. Dehors, la fraîcheur de la nuit me saisit. Je serre mon gilet de laine autour de moi et glisse un bras sous le sien. Prisco m'embrasse dans le cou. Nous marchons pendant un bon moment. Il n'y a presque plus de circulation à cette heure-ci. Il me parle comme s'il me connaissait depuis des années. Il a l'air d'avoir trop bu. Sa montre indique minuit moins le quart, et une température de cinq degrés.

À ma grande surprise, nous tournons dans une ruelle où l'obscurité nous avale aussitôt. Prisco me serre le bras. La peur me gagne. Ici, nous ne serons pas dérangés, me dit-il. Je proteste. Il fait trop froid. Il promet de me réchauffer. Et d'être très généreux. Nous sommes presque arrivés au bout de la ruelle quand il me pousse dans une embrasure de porte et me plaque contre le métal glacé. Je sens son souffle tiède sur mon cou, je me contracte en attendant l'inévitable. Mais il se recule et me dit de me détendre.

Il sort un paquet de Malboro de la poche de son blouson, en allume une avec un briquet, la flamme jaune et orange vacille dans le noir. Il en allume une seconde et me la donne. Je frissonne, mais j'ai moins peur. Prisco souffle la fumée et la regarde flotter. Je termine ma cigarette ; il jette la sienne dans le noir. Des braises en jaillissent quand elle touche le sol. Il avance d'un pas, glisse une main sous mon gilet, cherche mes petits seins. Je sens son haleine chaude sur mon visage, l'odeur avinée et celle âcre de la cigarette me donnent la nausée. Sa main ne s'attarde pas longtemps sur mon sein et remonte vers mon cou ; ses doigts l'encerclent tout doucement pendant qu'il écrase ses lèvres sur les miennes. Je réprime mon dégoût. Je ne peux pas respirer. Je ne peux pas parler. Je me demande ce qui m'arrive. J'essaie de me libérer, mais il est beaucoup trop fort. J'étouffe.

Soudain, il lâche prise. Il s'excuse, me dit que c'est l'alcool, il me regarde et effleure mon visage du bout des doigts. Je me calme un peu et lui demande de regagner le restaurant-bar. Je joue le jeu, j'ai eu la peur de ma vie, j'ai cru que ma dernière heure était arrivée. Je lui dis que je préfèrerai me trouver ailleurs, de préférence au chaud dans une chambre.

— Rentrons, dit-il.

Prisco m'amène à l'étage du bar dans une chambre feutrée. La chambre numéro 26 cache à l'abri des regards, derrière de grands murs peints d'un rose vif, de pulpeuses lèvres rouges entrouvertes sur des dents très blanches. Une odeur envoûtante de jasmin parfume la pièce. Il y a un grand lit au centre, un canapé profond et des lumières tamisées au plafond. Deux coupes remplies d'un liquide pétillant trônent sur une petite table basse. Je suis vêtue d'une nuisette de soie rose, chatoyante, qui magnifie mon corps nu et parfumé. Je la fais glisser, onduler comme un serpent soyeux d'un rose bonbon qui dégringole sur mes hanches, mes cuisses et jusque sur le sol moquetté dans un léger bruissement. Mon corps est un poids mort entre ses bras, incroyablement lourd, je fais semblant d'aimer Prisco, depuis l'épisode de la ruelle, il me donne envie de vomir. Il a préparé deux coupes et une petite pastille turquoise. Il me sourit. Tu verras, dit-il, avec ça, tu atteindras le nirvana !

La moitié du comprimé se ramollit dans ma paume droite. Mon cœur palpite. Prisco se lève et nous ramène un plateau de canapés. Si je réfléchis davantage, c'est fichu, je le sais. Alors je ne me laisse pas une seconde d'hésitation. Je place la miette bleue sur ma langue et je la fais glisser avec du champagne. Une nausée soudaine m'envahit. Je ne supporte pas son odeur. Je dois me lever, il faut que je retourne aux toilettes. Prisco me serre contre lui et sourit, il frotte son gros nez sur la peau de mon cou et la sent frémir. Puis il me laisse partir vers la minuscule salle d'eau.

C'est en me lavant les mains que je constate un changement dans mes perceptions. Mon champ visuel est transformé, plus large, plus lumineux. Les néons au-dessus du petit lavabo me paraissent plus vifs que tout à l'heure. J'ai des sensations bizarres sur ma peau. Le contact de l'eau fraîche sur mes paumes me fige de plaisir. C'est sûrement ça, ce nirvana, cette extase, je ne peux me résoudre à couper l'eau. Je me savonne les mains, je regarde les bulles formées par la mousse et les couleurs que la lumière fait danser sur leurs parois. Chaque geste qui implique le toucher est une redécouverte du monde qui m'entoure. Je me déshabille sous la douche et je ferme les yeux. L'eau réveille le moindre millimètre de ma peau. Je ne veux plus quitter ce bac à douche. Il y a autre chose avec ce nouvel univers dans lequel j'ai pénétré grâce à la petite pastille turquoise. J'ai l'impression d'avoir passé une nuit sous la douche lorsque Prisco apparaît.

— Tout va bien, numéro quatorze ?

Il fronce les sourcils, inquiet, et glisse ses lèvres charnues sur mes petits seins, il me caresse et descend sa grosse main rugueuse le long de mon ventre à la recherche de la douce toison. Il cherche mes lèvres et la chaleur de ma bouche.

— Oui, ça va mieux, dis-je d'un ton naturel.

Il me transporte sur le lit. Je le regarde se déshabiller, je détaille son visage bouffi, la largeur de ses épaules, son ventre rebondi, la pilosité concentrée sur son sexe, ses cuisses grasses et imposantes. J'obéis sans réfléchir.

J'ai du mal à parler et je ferme les yeux. Il se couche entre mes jambes écartées et me pénètre sans préavis. Il sent un long frémissement le parcourir comme un profond soupir. Il gémit. Cela renforce son sentiment de supériorité. Allongé à côté de moi, il a l'air satisfait, il me regarde, effleure mon visage du bout des doigts et me tend une liasse de billets. Un petit sourire forcé étire mes lèvres.

Cette nuit-là, j'ai appris trois choses, la première est que tous ces pervers donnent des sensations fortes à de pauvres jeunes filles endormies par une société qui ne leur propose rien à la hauteur de leurs ambitions ou de leurs rêves. La deuxième, que je ne vivais pas ma vie au centuple. Ce qui revenait à dire que ma vie ne valait plus grand-chose, que je me laissais porter dans une espèce de confort que plus rien ne viendrait exacerber, contredire. Que ma vie était un plat fade, sans sel, que je n'avais plus rien à attendre de ma présence sur terre. La troisième, que si je voulais m'en sortir, il fallait fuir, fuir à tout prix.

Affaire en cours

L'enquête est toujours au point mort, l'inspecteur Lavril ordonne de privilégier la piste criminelle et décide de réaliser une énorme vague d'interpellations dans le milieu des nombreux individus déjà connus pour de semblables faits. Les policiers ont passé plusieurs jours à étudier, puis à lister les points clés d'affaires identiques. L'inspecteur se prépare à rédiger un communiqué. Dans quelques minutes, il va informer la presse et les médias de l'avancée de l'investigation. Il sait que ces révélations feront l'effet d'une bombe, pour l'entourage de ces jeunes filles, mais surtout pour les familles. D'une main moite et tremblante, il réajuste le col de sa chemise, puis sort de son bureau.

Une dizaine de journalistes munis de leurs caméras l'attendent impatiemment, installés dans la salle de réunion du commissariat. Quelques secondes plus tard, il pénètre à son tour dans la pièce sous un brouhaha de chuchotements. Les médias ont ouï dire que les jeunes filles ont été retrouvées dans la forêt d'El Yunque, ils ont émis de multiples hypothèses, et tous sont en haleine devant l'annonce de cette découverte. Face à la foule, Lavril reste impassible, il a le visage fermé, on l'assomme de questions. Il prend la parole au micro d'un journaliste.

— Inspecteur Lavril, avez-vous arrêté le ou les coupables ? De quel réseau s'agit-il ? Où sont les jeunes filles ?

— Dans un premier temps, je tiens à vous annoncer que l'affaire est toujours en cours, nous avons quelques pistes, mais ne disposons d'aucune preuve concrète. De simples suppositions ont été émises face à l'urgence de la situation, sachez que l'enquête a évolué de façon considérable et, grâce à tous les efforts fournis par la police, nous avons pu établir un lien avec d'autres affaires similaires non élucidées. Euphoriques, les journalistes s'interrogent et demandent à Lavril :

— Inspecteur, y a-t-il eu de nouvelles disparitions ? Faut-il craindre un nouvel enlèvement ?

— Calmez-vous, messieurs, mesdames ! Une instruction est en cours, il n'y a pas lieu de céder à la panique, dit-il d'un ton ferme.

L'inspecteur pousse un long soupir, il respire lentement, face à lui, la meute de journalistes est silencieuse, les regards sont attentifs, les oreilles sont tendues. D'un ton assuré, Herbert Lavril reprend son discours. Des mandats de perquisition sont délivrés par le juge, et un véritable branle-bas s'abat sur les nombreux quartiers chauds de la ville et de sa banlieue. Les frontières sont alertées et le quadrillage des alentours est renforcé au maximum nuit et jour par de nombreuses patrouilles.

Quand il pénètre dans son bureau, Herbert Lavril se dirige vers les fenêtres et les ouvre énergiquement. Il bouillonne et inspire profondément, il se calme en apercevant la criminologue Julia Kevlar, qui scrute les annexes des dossiers de disparitions. Julia le salue et lui demande de s'approcher.

— Vient voir ça, Herbert, c'est à peine croyable !

— De quoi disposons-nous ?

— J'ai vérifié des annexes que ton ami Paul nous a fait parvenir.

Passant l'index sur les documents, Julia énumère les points essentiels. Les filles retrouvées dans la Forêt D'el Yunque possédaient des traces de drogue dans leur organisme, de cocaïne plus précisément. Et si on regarde des dossiers « cold case » qui correspondent, on retrouve la même chose, des filles nues, très jeunes, blanches, pour la plupart, amputées et droguées, et toujours ce tatouage qui apparaît sur certaines victimes, un numéro et une rose bleue. L'autopsie réalisée par le médecin légiste Joshua Privas est formelle. Elle atteste que les deux dernières victimes retrouvées, deux bulgares, la petite blonde, quatorze ans, Lisa Thiz, et la petite rousse Lylia

Alim, quinze ans, disparues depuis plusieurs mois, ont été sauvagement mutilées. Lylia était enceinte. Privas l'a bien confirmé. Toutes les victimes, sans exception, ont été contraintes à subir des mutilations et des violences sexuelles. Il faut élargir nos recherches dans tout ce qui est trafic de drogue ou autre et aussi délinquance, voir les casiers de certains détenus, il faut aussi creuser de ce côté-là.

— Qu'en dis-tu, Herbert ?

— J'en dis que n'a pas tort Julia, c'est une excellente analyse. Je suis sur les rotules ! Il est presque midi, que dirais-tu de venir déjeuner ! On a besoin de faire une petite pause.

— Bonne idée Herbert, on va essayer de se détendre et une pause nous fera le plus grand bien, si on veut avoir les idées claires et rester objectifs.

Dévorant son « *Arroz con Pollo* » Riz au poulet plat typique à Cuba, Lavril ne réfléchit plus, seul son estomac lui dicte ses actes. Julia, quant à elle, picore des « *Papas Rellenas* » des amuse-bouche à base de pomme de terre, de poivron et de viande sans trop d'appétit.

— Herbert, je viens de penser à quelque chose ! Le kidnappeur doit certainement avoir des connaissances liées à la santé pour pouvoir les droguer ! Il peut tout aussi bien être biologiste, médecin ou infirmier ! Il faudra aussi creuser cette piste, ne rien négliger.

— Et j'y pense, Julia, il y a aussi ce fameux coup de téléphone enregistré à la police cubaine le 19 juillet à 17 heures, dit Lavril. Une jeune fille, à peine quinze ans, prénommée Ella, a été retrouvée par un fermier dans une grange, à une dizaine de kilomètres de Baracoa. Les prélèvements sont toujours en cours. Elle aussi a un tatouage, qui représente une rose bleue et un chiffre. Elle a su décrire ses deux bourreaux, un Sénégalais nommé Bodian et un Mexicain, un certain Pedro. Je pense que cette pauvre petite va nous éclairer sur cette affaire.

Nous-mêmes, derrière nous-mêmes, cachés, devrions frémir plus fort.

Dimitri et Ricardo

Dimitri Bredjasky est un garçon d'un mètre quatre-vingt, mince, blond aux yeux bleus, il ne passe pas inaperçu, il a suivi les traces de son père Stanislas, il étudie à l'institut des hautes études de justice, une école de prestige sur Paris. Il a pénétré des théories révolutionnaires, ce qu'il dissimulait à l'université. Il compte dans le futur embrasser une carrière de magistrat. L'opération « *mani pulite* » « *mains propres* », série d'actions judiciaires contre la corruption, qui a éveillé les consciences en Italie du Sud. Il s'en inspire.

Dimitri enquête depuis plusieurs mois sur la disparition de sa sœur Kara, il sait qu'elle est en danger. C'est lui qui a contacté la police de la « Brigade Proxo » et Paul, un ami journaliste de l'inspecteur Herbert Lavril chargé de l'enquête. Par quels détours du destin, Dimitri s'est-il retrouvé en présence de Kara à « *la prison des roses bleues* », dont les « *Barbudos* » de Fidel Castro, au moment de la révolution, avaient fait leur quartier général ? Étaient-ce les « *Orishas* », les archétypes de la « *Santeria* », assimilés à des « *saints* », de l'Église catholique qui les avaient réunis ?

Kara, à l'exemple de sa grand-mère et de sa mère adoptive, a toujours prié « *Oshun* », la reine des eaux et de la fertilité. Dimitri s'est toujours moqué de ces croyances. Sa vie est gouvernée par la raison. Il s'est ouvert à Ricardo, un riche cubain, un de ses amis qui étudie avec lui à Paris. Son projet est d'assainir les mœurs de la société. Ricardo connaît la droiture et la pureté de Dimitri. Il lui a proposé de l'aider à retrouver sa sœur et de l'accompagner sur le terrain. De fil en aiguille, et avec l'aide de Paul, qui a des contacts internationaux, ils viennent de retrouver sa trace.

Dans un état d'esprit déterminé, Dimitri et Ricardo ont franchi la porte de « cárcel de la rosa azul. ». Se faisant passer pour des clients aisés, intéressés par les jeunes femmes.

Après avoir consulté la bande de vauriens, Ursula, accompagnée du gros Max, les ont reçus dans l'immense hall où tables et chaises les ont accueillis, Dimitri et Ricardo se sont installés devant des bières blondes. Ils ont imposé leurs conditions pour faciliter la rencontre avec l'Escort-Girl et ont généreusement payé la maquerelle.

Une demi-heure plus tard, quatre numéros sélectionnés par Ursula sont arrivés en file indienne. Les filles étaient vêtues de jolies tenues provocantes. Ursula les avait choisies en fonction de la demande de ces deux nouveaux clients. Il y a Marion le numéro neuf, et Jess le numéro dix, qui sont outrageusement maquillées, regard implorant et tête baissée. Il y a Brigitte, le numéro sept qui attire immédiatement l'attention de Ricardo, Kara, le numéro quatorze a un sursaut quand elle aperçoit Dimitri, son cœur cogne. Elle se concentre pour ne rien laisser paraître. Elle est toute mignonne avec ses cheveux blonds qui coulent sur un déshabillé en voile léger, rose poudré. Son corsage est légèrement échancré et laisse apercevoir ses épaules rondes et sa peau claire.

Les garçons jouent la comédie, ils parlent fort, ils maîtrisent leurs corps, leurs rôles, ils écoutent, ils osent. Ricardo fait semblant d'hésiter entre les numéros sept et dix, il choisit Brigitte et Dimitri opte pour Kara, le numéro quatorze. Ursula et Max n'y voient que du feu, Marco est satisfait, il sent la bonne affaire.

« La femme est obligée de choisir entre acheter un homme, ce qui s'appelle le mariage, ou se vendre aux hommes, ce qui s'appelle la prostitution. » Victor Hugo

Démantèlement

Grâce à l'intervention de Dimitri et Ricardo, et à l'enquête menée par le journaliste Paul, l'ami de l'inspecteur en chef Herbert Lavril, les policiers de la « Brigade Proxo » ont réussi à faire main basse sur ce gros sac de nœuds.

Une aurore monotone tombe et l'obscurité s'infiltre difficilement dans les murs poreux de la cárcel de la rosa azul. Le fourgon de police s'arrête et le moteur s'éteint.

C'est jour de réunion pour toute la bande, les salopards ne s'y attendent pas, ce n'est plus qu'une question de secondes. Le cœur de Dimitri part en vrille, il prie pour Kara et ses amies. Arrivés sur les lieux, les policiers sont frappés par la végétation, les roses et par l'apparence de cette prison glaciale et sordide aux fenêtres barricadées de solides barreaux, à la porte d'entrée lourde et imposante.

Le bâtiment est cerné, les policiers menacent de faire sauter la porte si les bourreaux ne se rendent pas. On entend un cri comme un gémissement endolori qui surgit dans l'air vibrant, grandit, puis tout à coup s'arrête. La porte s'ouvre lentement en grinçant. Les hommes du gang et Ursula lèvent les mains pour indiquer qu'ils se rendent, ils se tournent lentement vers les policiers qui pointent leurs armes vers eux et les aveuglent avec leurs torches puissantes. Ils ont appris en un quart de seconde à prendre une attitude de condamnés ; les têtes s'éteignent dans les épaules, les dos se courbent.

Plusieurs choses frappent immédiatement les policiers. D'abord, l'âge des protagonistes qui est indéfinissable. Ensuite, ces hommes et cette femme qui ont le bras gauche recouvert d'un chiffre et d'un tatouage qui représente une rose bleue.

Les bourreaux se savent traqués et n'opposent aucune résistance, ils se laissent menotter sans mot dire et montent dans le panier à salade. Les enquêteurs ont piétiné pendant de nombreux mois d'investigation, mais sont finalement parvenus à une résolution rapide, efficace et inespérée de l'affaire. Soulagé, Herbert Lavril annonce devant de nombreux micros que la mort terrible des jeunes filles est désormais tenue pour acquise, malgré l'absence de certains cadavres.

Avec l'arrestation de ce gang, l'ordre et la sécurité vont être rétablis, la population peut pousser un soupir de soulagement et les familles pourront faire leur deuil. Cette enquête est enfin bouclée. Vient maintenant le temps de la compassion et de la prière pour les malheureuses victimes.

Les doutes et les interrogations se pressent dans l'esprit de Julia. Elle désire percer la glace et dévoiler le subterfuge. Elle n'a pas soif de gloire. Elle a l'absurde conviction que vaincre ce défi de l'obscurité fera du monde un endroit plus sécurisé.

— Elle décide de prendre la parole : messieurs, mesdames, il y a de la méthode dans leurs opérations, une méticulosité terriblement inquiétante. Il ne s'agit pas de simples psychopathes, ce sont des monstres, la pire des espèces qui soit.

— Qu'en pensez-vous professeur Bern, lui demande-t-elle sans confirmer.

— Ça ne me plaît pas, répond-il avec inquiétude. J'ai l'impression que ces hommes nous cachent quelque chose...

Julia ne répond pas.

— Lavril prend la parole : on pense d'abord que ces fanatiques ne sont qu'une petite minorité, mais ensuite on s'aperçoit que, dans la masse, il y a des employés, des étudiants, des pères de famille. Et le pire, c'est qu'ils ne cachent pas leur visage ni leur nom.

— Comment l'expliquez-vous, professeur dit Julia ?

— Bern gratte sa tempe grise et répond : j'ai interrogé et fait avouer des dizaines d'assassins. Il y avait toujours un moment où même les plus durs avaient honte de ce qu'ils avaient fait. En général, c'était quand je prononçais le nom de la victime. En un instant, je pouvais lire dans leurs yeux qu'ils n'avaient aucune pudeur, aucune responsabilité.

En écoutant le discours du professeur Bern, Julia Kevlar et Herbert Lavril ne peuvent s'empêcher de penser aux crimes, à toutes ces pauvres filles assassinées et à leur souffrance.

— Les policiers de la « Brigade Proxo » qui travaillent sur les affaires de disparition ne peuvent attendre assis à un bureau qu'arrive un signalement, continue Bern : Parfois les personnes qui disparaissent n'ont ni famille ni amis. Il peut s'agir d'étrangers, de gens qui ont coupé les ponts avec tout, ou simplement qui sont seuls au monde.

Le professeur Brice Bern en a vu de toutes les couleurs et il sait ce qu'il dit. Pendant des années, il a été un des meilleurs experts en interrogatoires du (DSC) département des sciences du comportement. Il les appelle « *les prédestinés* ». Des individus qui vivent entourés de vide et n'imaginent pas qu'un jour ce vide les avalera.

« La justice ne guérit pas les blessures ni l'âme, elle apporte la paix sociale. »

Retour à la maison

Janvier 1990
Du gris à l'infini ; voilà à l'aube le seul visage
qu'à à offrir Moscou, un épais manteau de brume
obscur et menaçant serpente à travers la ville, le
silence paraît fragile comme du cristal, prêt à se
briser au moindre bruissement.

Nikita et Stépan sont sur des charbons
ardents. D'après les informations transmises
par la police cubaine, Kara a subi de multiples
maltraitances, humiliations, brutalités et actes
de torture, ses bourreaux sont des sadiques qui
se sont évertués à détruire son existence avec
méthode.

Le rapport indique qu'elle a été pincée,
brûlée, mordue, coupée, fracturée, tatouée.
Considérée comme miraculée, elle est
profondément traumatisée.

Après le survol des détails de la fiche
descriptive et le sentiment d'une peine immense,
qui provoque chez eux une immédiate et entière
empathie, Nikita et Stépan ne s'étendent pas sur
le calvaire de Kara. Ils attendent de la serrer
dans leurs bras et de lui apporter tout leur
amour.

La jeune Lola se régale avec une assiette de
gratin de macaronis au jambon qu'elle ingère
goulument. Quand la table est débarrassée,

Nikita et Stépan lui apprennent l'arrivée de Kara, accompagnée par son frère Dimitri. Quand elle apprend la nouvelle, la jeune fille explose de joie, elle est euphorique à l'idée de revoir sa grande sœur. Elle s'endort sur ces interrogations avec l'ours de Kara.

Le lendemain, le ciel est dégagé, il y a un timide rayon de soleil. Nikita, Stépan et Lola se sont préparés pour l'accueil de la jeune fille. Le boulanger est tiré à quatre épingles, il s'est aspergé d'eau de toilette et rasé de près ; Nikita est bien coiffée, elle porte un chemisier de soie fleuri et une jupe droite, Lola avec ses tresses est vêtue de rose. La maison est propre, parfumée et accueillante, leurs cœurs battent à l'unisson.

Dimitri et Kara sont sur le seuil de la porte. La jeune fille se tient droite, sac à dos à l'épaule. Ses cheveux blonds sont bien peignés. Taillés aux ciseaux au-dessus de ses sourcils, ils tombent en corolle autour de sa tête. Sa peau est diaphane. Son visage est creusé de concavités sombres, où se sont logées l'anxiété et la fatigue. Son visage impressionne la famille. S'ajoutent à ce portrait, une bouche rosée aux lèvres minces et des yeux bleus inquiets. Elle a beaucoup maigri et flotte dans ses vêtements.

Il y a un court silence, Kara fond en larmes et se jette dans leurs bras.

Afin de détendre l'atmosphère, Nikita lui propose de se restaurer, elle l'invite à déposer son sac et amène de délicieux petits fours que Stépan a concocté pour elle. À l'aube de ses dix-huit ans, Kara a besoin de beaucoup de temps pour recouvrer quelque confiance envers les adultes, elle a aussi besoin d'une attention de chaque instant, faite de mots réconfortants, de douceur, de lenteur, de gentillesse et, surtout, dénuée de toute autorité.

Dans cette maison chaude et claire, où se chevauchent les odeurs de boulangerie comme nulle part ailleurs, où convergent quotidiennement les appétits, où bruissent les conversations, les rires, les silences et les cliquetis des couverts, théâtre des amours et des conflits familiaux, cette maison est au cœur des existences. Kara s'y sent bien, elle n'a jamais été aussi bien, elle va se reconstruire.

Dans la confortable cuisine, Nikita s'apprête à servir le savoureux bœuf Stroganoff avec de la purée de pommes de terre qu'elle a cuisiné la veille et qu'elle a repassé au feu ce jour.

« Le meilleur pour les turbulences de l'esprit, c'est apprendre, c'est la seule chose qui n'échoue jamais. » Marguerite Yourcenar

« *J'écris pour ces femmes qui ne parlent pas, pour celles qui n'ont pas de voix parce qu'elles sont terrorisées, parce qu'on nous a plus appris à respecter la peur qu'à nous respecter nous-mêmes. On nous a appris que le silence pouvait nous sauver, mais c'est faux.* » Audre Lorde

Remerciements

Je tiens à remercier JJ Vitiello, peintre aérographe et graphiste, pour son talent indéniable. Auteur de la couverture du livre de cet ouvrage. Un énorme merci pour son travail remarquable et son soutien.

Un grand merci également à Jean Jacques Zeis, auteur francophone, pour la relecture méticuleuse de ce livre.

Du même auteur

Déshabiller le silence
Les Erreurs de la passion
Une étoile ne s'oublie jamais
L'Élixir de leurs âmes
Heidi, « être ou ne pas être »
Vivre avec ses maux
Secrets toujours tus

Le Conte de fées de Lila Tome 1 et Tome 2
El Cuento de Hadas de Lila Volumen 1
33 Boules de poils

Contributions, Livres collaboratifs
Hommage au Petit Prince, 80 ans talents,
Éditions Rencontre des Auteurs francophones.

Où me trouver :

Sur Facebook : Mariaclara Baucere

Par mail : baucere-dehaene-marie@outlook.fr

Il paraît que la rose bleue a été longtemps le rêve de Balzac. Elle était aussi le mien dans mon enfance, car les enfants, comme les poètes sont amoureux de ce qui n'existe pas.

Histoire de ma vie (1855) Georges Sand